Über den Autor:

Sandro Hübner, geboren am 07. August 1991 in Görlitz. Besuchte erfolgreich die Schule und widmete sich mit 10 Jahren Kurzgeschichten, Gedichten und Vorträgen die sehr umfangreich verfasst waren. Als er 17 Jahre alt war und sich als Schriftsteller die Zeit, für seinen Ersten Roman: SAD SONG - Trauriges Lied - nahm, machte ihm das Schreiben sehr großen Spaß. Sandro Hübner lebt in Berlin und arbeitet bereits an seinem nächsten Roman.

Vom Autor bereits erschienen: www.sandrohuebner.de

Für dich Mama, Papa
Oma und Ur-Oma

**Alle Geschichten, wenn man sie
bis zum Ende erzählt,
hören mit dem Tode auf.
Wer Ihnen das vorenthält,
ist kein guter Erzähler.**

E. Hemingway

SANDRO HÜBNER

DER FITNESSTRAINER

ROMAN

FSC
www.fsc.org

MIX

Papier aus ver-
antwortungsvollen
Quellen
Paper from
responsible sources

FSC® C105338

Bibliografische Information der Deutschen Nationalbibliothek:
Die Deutsche Nationalbibliothek verzeichnet diese Publikation in
der Deutschen Nationalbibliografie; detaillierte bibliografische
Daten sind im Internet über http://dnb.dnb.de abrufbar.

TWENTYSIX – Der Self-Publishing-Verlag
Eine Kooperation zwischen der Verlagsgruppe Random House
und BoD – Books on Demand.

© 2018 Sandro Hübner

Herstellung und Verlag:
BoD - Books on Demand, Norderstedt

ISBN: 978-3-7407-5075-6

INHALT

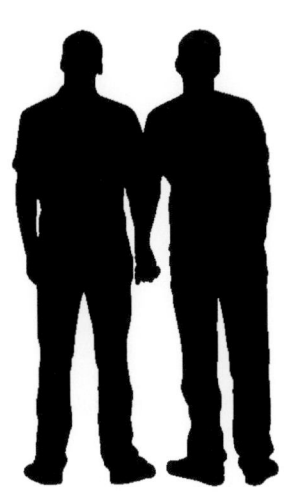

Kapitel 1
Das Vorspiel

Max war 25 Jahre alt, hatte kurze braune Haare, die er oben etwas länger als an den Seiten trug und deren schmal geschnittene Konturen in den dichten, aber ordentlich getrimmten Vollbart übergingen. Er trimmte seinen Bart sehr gewissenhaft und war abgesehen davon am restlichen Körper vollkommen frei von Haaren. Nur von seiner Schambehaarung war noch ein bisschen vorhanden. Seine braunen Augen waren unergründlich, aber warm. Er arbeitete seit 3 Jahren als Fitness Trainer in einem großen Fitness- und Wellnessstudio und sein Körper war nahezu makellos schön: Eine leichte, ebenmäßige Bräune bedeckte seine glatte Haut, unter einem deutlichen Stiernacken öffneten sich seine breiten Schultern, die Oberarme waren stark ausdefiniert. Seine Brustmuskeln waren beeindruckend, ebenso wie das stahlharte Sixpack, das sich darunter anschloss.

Trotz seiner eher bulligen Statur lief sein Körper leicht v-förmig zusammen und mündete in einem prächtigen, wohlgeformten Arsch. Sein Schwanz war ein wahres Prachtstück und im Club unter vielen Männern wohl bekannt, denn Max hatte kein Problem damit seine Homosexualität offen auszuleben. Obwohl der Club nicht exklusiv für schwule Sportler war, hatte Max noch nie Ärger mit der Geschäftsführung oder Gästen bekommen. Alle Kollegen und Kolleginnen wussten von seiner sexuellen Vorliebe und der Chef tolerierte es, solange Max damit nicht die Kunden belästigte. Bisher hatte sich auch noch niemand von seinen Kunden über dessen Arbeit beschwert, zudem war der Club in einen Frauen- und einen Männerbereich aufgeteilt, sodass Frauen ungestört von den Männern trainieren konnten und umgekehrt. Der Club hatte neben dem Eingangsbereich und den separaten Umkleiden und Duschen je eine große Freitrainingsfläche mit den üblichen Fitnessgeräten, mehrere kleinere Kursräume sowie im obersten Stock ein Schwimmbecken mit einer Nische mit Whirlpools, eine Sauna und Massageräume. Das volle Programm eines Premiumclubs eben.

Es war ein warmer Wochentag, noch vor 17:00 Uhr, wenn die ersten Feierabendsportler eintrudeln und das Studio deutlich voller sein würde. Max hatte seit Morgens schon gearbeitet und es blieb nur noch eine halbe Stunde bis Feierabend. Er trug seine Arbeitskleidung, schwarze Turnschuhe mit Sneakersocken, eine kurze schwarze Sporthose mit dem hell-blauen Streifen und Logo des Fitnessclubs sowie ein dazu passendes Poloshirt. Seine Haare trug er wie immer mit etwas Haarwachs frech zur Seite gestylt, sodass ein leichter Faconschnitt angedeutet wurde. Abgesehen von der Bedienung am Empfangstresen und seiner Kollegin Carla, die im Damenbereich arbeitete, war er momentan alleine. Erst später, wenn mehr Kunden anwesend sind, würden mehr Trainer auf der Trainingsfläche bereit stehen.

Er überblickte die Fläche und studierte die wenigen Trainierenden: Ein Mann mittleren Alters rannte auf einem der Laufbänder und hörte dabei über Kopfhörer das Fernsehprogramm. Uninteressant. Zwei beleibtere Herren saßen lustlos auf ihren Trimmrädern und blätterten dabei gelangweilt in einer Zeitschrift, auch sie zusätzlich noch mit Kopfhörern, die obligatorischen Handtücher hatten noch keinen Schweiß gesehen.

Max Blick wanderte weiter und blieb an dem letzten Gast hängen: In der Ecke mit den Ruder-Ergos trainierte ein junger Bursche, vielleicht 18 oder 19 Jahre alt. Er hatte halblange, leicht gelockte dunkelblonde Haare, hellblaue Augen und ein süßes, jugendlich wirkendes Gesicht. Er war schlank, aber dennoch schon deutlich definiert für sein Alter, also keinesfalls ein Spargeltarzan. ‚Interessanter Typ‘, dachte sich Max und ging in seine Richtung. Auf dem Weg dorthin sah er einen Haltungsfehler: Der junge Hobbyruderer zog mit etwas krummen Rücken heftig an dem Kabel.

Max stellte sich seitlich hinter den Jungen, schaute ihn durch den Wandspiegel an lächelte ihn an und sagte: „Hi, ich bin Max. Trainierst du schon länger am Ergo?" Der Angesprochene hielt inne und erwiderte: „Hi Max, ich bin Markus. Ich rudere schon einige Zeit in einem Verein, aber das erste Mal hier auf dem Ergo. Wieso fragst du?" Max wies ihn auf seinen Fehler hin und bot ihm an seine Haltung zu korrigieren.

Markus willigte ein und Max stellte sich genau hinter ihn. Er packte den Jungen, der ein Trägershirt trug, an den Schultern und erklärte ihm während einiger langsamer Ruderbewegungen, dass er den Rücken gerade aufrichten sollte, bevor er sich mit den Beinen abdrückte. Max spürte Markus Körperwärme als er die Hände auf dessen Schultern legte. Der leichte Schweißfilm machte das Gefühl intensiver. Das Deo des Kleinen roch angenehm, keine Spur von penetrantem Schweißgeruch.

Als er die Haltung korrigiert hatte, ließ er Markus Schultern los und beobachtete die weiteren Ausführungen. Der kurze Moment hatte ausgereicht, um den Schwanz von Max langsam in Fahrt zu bringen. Max kannte dieses Gefühl nur zu gut: Er hatte mal wieder ein Objekt seiner Begierde gefunden. Es war nicht so, dass Max sexsüchtig gewesen sei, aber wenn er Witterung aufnahm, und das konnten recht unterschiedliche Typen sein, dann war er meistens machtlos und musste seinem Verlangen früher oder später nachgeben. Max schaute sich kurz um, ob jemand noch seine Hilfe brauchte. Dem war nicht so, aber er erspähte seinen Kollegen Jonas, der ihn bald ablösen sollte. Er sagte zu Markus „Bis später", was dieser mit einem leichten Stirnrunzeln zur Kenntnis nahm und schlenderte auf seinen Kollegen zu. „Na, bereit für die Nachtschicht?", fragte er Jonas und knallte ihm seine Pranke auf die Schulter. Jonas machte einen Satz zurück und nahm eine Verteidigungsstellung wie beim Boxen ein, grinste und meinte „Klar, ich konnte mich ja den ganzen Tag drauf vorbereiten, nach der Feier gestern Abend. Und du? Machst Schluss für heute oder noch Überstunden?".

Bei dem Wort Überstunden nahm er die Hände hoch und deutete Anführungszeichen an. Natürlich wusste auch Jonas von Max Neigungen und seiner teilweise besonderen Fürsorge für die männlichen Kunden. Für ihn als Bisexuellen, der aber momentan eher bei den Mädels aktiv war, war das sowieso voll okay, aber er konnte sich besser zusammenreißen als Max, zumindest meistens. Wie

Max war auch Jonas sehr durchtrainiert, entsprach jedoch dem Prototyp Surfer, während Max eher als Bodybuilder durchgehen würde. Jonas war noch einen Kopf größer als Max, hatte längere blonde Haare und perlweiße Zähne mit einem einnehmenden Lachen.

„Was meinst Du?", fragte Max bewusst unschuldig und grinste. „Komm Alter, ich hab das doch eben gesehen, wie du dem Kleinen da hinten an die Schultern gefasst hast. Hast doch bestimmt dabei schon einen Steifen gekriegt. Er passt genau in dein Beuteschema: Jung, knackig und willig." – „Naja, ob er willig ist, weiß ich nicht… Noch nicht.", schob Max dreckig grinsend hinterher und zwinkerte. „Übertreib es nicht, Mäxchen und geh behutsam vor. Nicht, dass wir so eine Spitzenkraft wie Dich noch verlieren, wer soll denn dann die Power Workouts leiten?" – „Haha, das wäre natürlich deine größte Sorge", frotzelte Max in gespielter Entrüstung. „Ich geh mich noch Duschen, bevor ich weg bin. War heute echt schweißtreibend den ganzen Typen beim Trainieren zuzusehen." Jonas lachte und ging in Richtung der Personalräume, wo er sich für die Arbeit fertig machen würde. Max loggte sich mit seinem Chip aus und sprach noch kurz mit Sven am Empfang.

Danach machte er sich auf dem Weg Richtung Dusche. Es gab zwar separate Personalumkleiden, aber keine extra Duschen. Auf dem Weg zu der Herrenumkleide mit den Duschen schaute Max nochmal kurz zu den Ergos: Markus war verschwunden und wahrscheinlich schon Duschen gegangen. Max ging an seinen Spind, die Umkleide war bis auf eine Sporttasche auf einer der Bänke leer. Max ging zu einem größeren Spind und schloss auf. Er zog sich komplett aus, und holte seine Duschsachen. Das Handtuch hängte er an den Haken vor der Dusche, wo schon ein anderes Handtuch hing. ‚Markus', dachte sich Max als er es sah. Sein Schwanz versteifte sich.

Mit Badelatschen, nackt und mit leicht erigierter Latte ging er in den großen Gemeinschaftsduschraum. Der Raum war quadratisch mit je 7 Duschen an zwei Seiten, an der dritten Wand waren noch 5 Duschkabinen, die man mit Türen verschließen konnte. Alle Kabinen waren offen und leer, an einer der anderen Duschen stand Markus mit dem Rücken zu Max und ließ sich heißes Wasser über seinen Body laufen.

Seine Haut war relativ weiß, vor allem im Vergleich zu der von Max, sein Körper wies kein überflüssiges Gramm Fett auf und er hatte einen süßen, straffen Knackarsch. Max hatte im Studio natürlich schon etliche gut aussehende junge Kerle kennen gelernt, aber Markus hatte irgendwie etwas Unschuldiges an sich, das Max sexuelles Verlangen besonders provozierte. Vom Körperbau her war Markus schon ein Mann, von seinem Verhalten und Gesicht her aber noch eher der schüchterne kleine Junge.

Max Geilheit rauschte durch seinen Kopf bis runter zu seinem beschnittenen Prachtstück, das weiter an Festigkeit gewann. ‚Den muss ich haben', dachte sich Max und stellte sich rechts neben Markus, der ihn jetzt erst bemerkte. „Oh, hi…", sagte er und schaute Max an. ‚Diese blauen Augen! Hammer! Und der süße kleine Schmollmund! ', schoss es Max durch den Kopf. „Hey, Kleiner" erwiderte Max, äußerlich völlig cool und stellte die Dusche an.

Im Nu rauschte das Wasser an seinem Adonis-Körper herunter, seine breiten Schultern verteilten das Wasser und ließen es wie Sturzbäche an dem massiven, skulpturalen Körper herablaufen. Max hatte die Augen geschlossen und den Kopf nach oben Richtung Wasserstrahl gereckt, während er sich mit den Händen an seinem Körper entlang strich, um das Wasser weiter zu verteilen und in der wohligen Wärme aufzugehen. Auch Max duschte relativ heiß und so füllte sich der Duschraum bald mit Wasserdampf.

Max war vorerst so mit sich selbst beschäftigt, dass er gar nicht bemerkte, wie Markus ihn mit offenem Mund anstarrte. Nach kurzer Zeit öffnete Max seine Augen wieder, fuhr sich mit den Händen durch das Gesicht, um das Wasser wegzuwischen, trat einen Schritt zurück und langte nach dem Shampoo. Seine Dusche ging aus, er nahm sich einen ordentlichen Schuss Shampoo und begann sich gründlich einzuseifen.

Er war gerade an seinem Schwanz angekommen, als er die Ruhe im Raum bemerkte und nach links schaute, zu Markus, der ihn nach wie vor anstarrte und nicht bemerkt hatte, dass auch seine Dusche längst ausgegangen war. Max schaute Markus erst etwas perplex an, fing dann aber an zu grinsen, als er sah, dass dieser nicht nur starrte, sondern dabei auch etwas fühlte: Markus hatte ebenfalls eine Latte bekommen und fummelte sich mit einer Hand an seinem Brustnippel rum, während er Max Körper fixierte. Max nahm seine eingeseifte Hand und massierte damit genüsslich und langsam seinen Schwanz, der nun noch an Länge und Steifigkeit zulegte und wie ein Speer von seinem muskulösen Bauch abstand. Seine Eichel war nun deutlich zu sehen, obwohl er den Schwanz komplett einschäumte. Seine andere Hand ließ er erst über sein Sixpack, dann über seine rechte Brust kreisen, wo er seinen Nippel zwirbelte und den Schaum verteilte. Dabei grinste er Markus an und zwinkerte ihm zu. Markus stöhnte leise bei dieser Showeinlage und trat etwas näher an Max heran. „Na, gefällt Dir das, Kleiner?", fragte Max den Jungen. Dieser nickte langsam und seine Augen glänzten vor geiler Gier.

Markus leckte über seine Lippen und Max trat seinerseits etwas näher an ihn heran. ‚Hab ich Dich, du geiler kleiner Prinz', dachte sich Max und legte seine rechte Pranke auf Markus Schulter, während er mit der anderen weiterhin seinen Schwanz massierte. Er wollte Markus ficken, ihm zeigen, was geiler Sex ist und wer sein Hengst ist. Aber da Markus noch Jungfrau war musste er vorsichtig und behutsam vorgehen. ‚Ausflippen kann man später immer noch', dachte sich Max.

„Fass ihn ruhig an", sagte Max zu Markus und nickte ihm zu. Markus streckte seine Hand vorsichtig aus und führte sie an Max dicke Brust, er fühlte den Nippel und näherte sich mit seinem Mund. Er küsste den Nippel und leckte über die breite, feste Brust. Max stöhnte leise und flüsterte „Weiter". Markus gewann an Selbstvertrauen und ließ seine Hand tiefer wandern und nahm nun auch die andere hinzu. Als er mit seinen Händen über den Bauch glitt spannte Max seine Bauchmuskeln an, sodass Markus über ein stahlhartes, absolut symmetrisches Sixpack strich und jedes Muskelpaket einzeln ertasten konnte. Der Junge stöhnte mehrmals leise und Max genoss das worshipping, ließ dabei seinen Kopf leicht nach hinten fallen.

Endlich war Markus am Schwanz angekommen, sofort umschloss er mit beiden Händen die Prachtlatte und begann sie sanft zu wichsen. Bald bildeten sich erste Tropfen von Vorsaft an der Eichelspitze und Max begann lauter zu stöhnen. Er nahm seinen Kopf wieder nach vorne und packte mit einem Mal die Schultern von Markus, zog ihn eng zu sich heran, umarmte ihn fest, küsste ihn auf den Mund, drang mit seiner Zunge in den Mund ein und eroberte die Mundhöhle, während er Markus vor sich her auf die gegenüberliegende Wand zuschob. Noch halb eingeseift baute sich Max nun vor dem schmalen Jungen auf und blickte auf ihn herab. Der Junge schaute etwas unsicher, aber zitternd vor Geilheit zu seinem Trainer auf. „Komm Kleiner, blas ihn mir", sagte Max und drückte Markus mit leichtem Druck auf die Schultern auf die Knie. Markus ließ sich nicht bitten und schnappte gierig nach der steifen Latte. Er umschloss mit seinen Lippen die fette, von Vorsaft triefende Eichel, während sein eigener Schwanz steif an seinem Bauch anlag. Auch er tropfte schon leicht.

Erst vorsichtig, dann immer gefühlvoller und in längeren Zügen lutschte Markus den Schwanz von Max. Das Duschwasser und die Spucke von Markus bildeten ein prima Gleitmittel, Max unterstützte die Blasbewegungen von Markus mit eigenen leichten Schüben aus der Hüfte. Seine beiden Hände spielten an seinen beiden Brustwarzen, stöhnend warf er wieder seinen Kopf zurück und genoss die Behandlung mit geschlossenen Augen. „Oh, yeah, du bist ein begnadeter kleiner Bläser. Hör' nicht auf, mach so weiter. Gut so, Kleiner", feuerte Max den jungen Kerl an. Und der nahm das als Ansporn noch schneller zu blasen. So sehr er sich auch anstrengte, er bekam höchstens 2/3 des Schwanzes in sein Blasmaul reingeschoben.

Max wollte mehr, er nahm seine Pranken und legte sie an den Hinterkopf von Markus. Bei der nächsten Bewegung von Markus Richtung Schwanz schob er sanft, aber bestimmt das Blasmaul noch etwas weiter als bisher auf seinen Schwanz. Markus röchelte und zog sich etwas zurück, ließ den Schwanz aber in seinem Mund. Max wollte das Gaumenzäpfchen an seiner Eichel spüren, er wollte die endgeile Tiefenstimulation spüren, wenn seine Bläser schluckten. Obwohl Max generell ein lieber und einfühlsamer Mensch war, konnte er im Trieb teilweise etwas brutal und kompromisslos werden, aber er versuchte trotzdem immer, dass alle dabei auf ihre Kosten kamen. Also gestattete Max Markus eine kleine Erholung, bevor er ihn wieder etwas weiter auf den Schwanz schob. „Komm schon, Kleiner. Das ist noch nicht alles, da geht noch mehr. Trau dich!", motivierte er Markus.

Nach ein paar weiteren vergeblichen Versuchen schaffte Markus es tatsächlich den Schwanz komplett aufzunehmen, Max kurze Schamhaare kitzelten Markus in der Nase. Er verharrte in der Position während Max den Druck etwas von seinem Hinterkopf nahm. Der Mund von Markus war weit gedehnt und von Max fetten Schwanz fast vollständig ausgefüllt. Nun musste er Schlucken und sein Zäpfchen hüpfte, stimulierte dabei die empfindliche Eichel von Max, der vor Geilheit aufstöhnte und den Schwanz sofort etwas rauszog, damit Markus nicht würgen musste. Markus wurde etwas unruhig, aber Max beruhigte ihn: „Ruhig Kleiner, einfach durch die Nase weiteratmen, vertrau mir… Ich mache diese Übung nicht zum ersten Mal…", schob er dreckig grinsend hinterher. Der Vorsaft lief nun reichlich aus Max Eichel in Markus Maulfotze und mit drei weiteren leichten Stößen tunkte Max seine Eichel in der warmen Feuchtigkeit, bevor er den Schwanz ganz rauszog und mit einem Schmatzen die Eichel aus Markus Mund entfernte.

Max strahlte den Jungen an und nickte anerkennend. „Respekt, mein kleiner Freund, das war eine echt geile Leistung. Hast du da Übung drin?" – „Ähm, naja… ein paar Mal mit ein paar Jungs im Rudersommerlager gewichst und geblasen. Aber noch nie richtig." – „Bingo, der Junge ist noch Jungfrau!", schoss es Max durch den Kopf. „Das war auf jeden Fall schon mal vielversprechend", grinste Max und half Markus wieder auf die Beine. Dann umschlang er ihn mit seinen muskulösen Armen und drückte ihn an sich. Er küsste ihn am Hals und auf das geile Blasmaul. Sein feuchter, harter Schwanz stand senkrecht an seinem Sixpack und drückte während der Umarmung an den ebenfalls steifen Schwanz von Markus, der aber nicht so groß wie der von Max war. Max hielt kurz inne und lauschte. Kein Laut drang aus der Umkleide, glücklicherweise waren sie während der ganzen Aktion nicht gestört worden, sie waren immer noch allein. „Okay, wir sind noch ungestört, jetzt noch das Finale", flüsterte Max Markus ins

Ohr. Der machte große Augen und schaute Max fragend an. „Na komm, wir wichsen uns einen zum Abschluss", meinte Max lachend zu Markus und dieser nickte eifrig.

Max ging vor Markus auf die Knie und sagte: „Ich gebe Dir Starthilfe." Er nahm den erigierten Schwanz von Markus in den Mund und lutschte ihn mit einigen schnellen und saugstarken Zügen richtig steif. Dann ließ er ab, stand wieder auf und gab Markus zärtlich einen Zungenkuss. „Schmeckst echt geil", meinte Max und drehte Markus um 180°, sodass dieser jetzt mit dem Rücken zu Max stand. Max griff von hinten an die Latte von Markus und begann ihn zu wichsen. Erst langsam, dann schneller. Seine Pranke hatte keine Mühe mit Markus Schwanz, dieser verschwand fast völlig darin.

Während dessen knetete er mit der anderen Hand die Eier von Markus. Markus fing wieder an zu stöhnen und seine Atmung beschleunigte sich. Max nahm die Hand von Markus Eiern und zwirbelte stattdessen seine Brustwarzen und strich abwechselnd auch über Markus leichtes Sixpack und die kleinen, definierten Brustmuskeln. Kein Vergleich zu denen von Max, aber nett anzusehen und toll zu fühlen. Vor allem die glatte Haut begeisterte Max, als er Markus befühlte. „Voll süß, der Kleine", dachte sich Max.

Die Brust hob und senkte sich, Markus fing an zu hecheln, während Max ihn immer schneller wichste. Sein Schwanz hatte sich an die Kimme von Markus gelegt, mit leichten Bewegungen führte er seine Latte durch die obere Furche von Markus Arsch. „Geil, oder Kleiner?", fragte Max, während er ungerührt und mit einem frechen Grinsen weiter wichste. Markus nickte eifrig und stöhnte. Er schob seinen kleinen Knackarsch nach hinten, näher an Max Schwanz. Der hatte das natürlich bemerkt und flüsterte ihm ins Ohr „Dazu kommen wir später, mein Süßer, ich werde dich noch geil entjungfern." – „Ohhh, ja!", stöhnte Markus und er fing an zu bocken. Mit einer letzten kräftigen Bewegung von Max Pranke schoss Markus seine Ladung ab, während Max dabei grinsend weiter wichste und dadurch dafür sorgte, dass die heißen Spermabatzen quer durch den Duschraum geschleudert wurden. Markus schoss Ladung um Ladung ab, der Kleine war zur Spermakanone mutiert und Max richtete den Schwanz etwas nach oben, sodass die Batzen in hohem Bogen flogen. Nach 6 großen folgten noch 5 kleinere Spermaladungen. Bei jedem Schuss ging ein Zittern durch Markus Körper und nach dem letzten Schuss wurde er etwas schwach auf den Beinen. Max stützte ihn von hinten und flüsterte „Megageiler Abgang, da hat sich ja einiges angestaut gehabt bei Dir… Jetzt ich."

Markus stützte sich an der Duschwand ab und kam langsam wieder zu Atem, während er Max beobachtete, der seinen noch von der Blaserei feuchten Schwanz kräftig zu wichsen begann. Und sofort geilte sich Markus wieder an dem wichsenden Bodybuilder an seiner Seite auf, begann sich wieder an den Schwanz zu fassen, der wieder etwas an Härte gewann. Max kam schneller, mit gezielten Wichsbewegungen wurde sein Schwanz wieder richtig hart und eine Menge Vorsaft quoll aus dem Pissschlitz heraus, der durch die Wichsbewegungen weggeschleudert wurde oder als zusätzliche Schmierung zur Anwendung kam. Die muskulöse Brust hob und senkte sich und wenig später ließ Max ein langgezogenes Stöhnen hören. Während er mit dem Rücken an der Wand gelehnt stand, schloss er die Augen, riss seinen Kopf hoch und spritzte seine Ladungen ebenfalls durch den Raum. Wieder wichste er während des Abspritzens weiter und seine ersten drei Ladungen landeten an der schräg gegenüberliegenden Wand, wo das weiße Sperma langsam runter lief, die restlichen 9 Ladungen direkt auf den Boden spritzten. „Wow, einfach nur geil", meinte Markus, der wieder die Geilheit in den Augen stehen hatte, nachdem er das Abspritzen seines Trainers beobachtet hatte.

Die beiden grinsten sich an, küssten sich und ließen nochmal die Duschen laufen, um das Sperma wegzuspülen, das sich überall im Raum verteilt hatte. Mit einer Flitsche schob Max die letzten Reste ihres versauten Workouts in den Abfluss und spülte auch die Überreste an der Wand weg. Markus und Max duschten noch einmal nebeneinander und schauten sich dabei an, Max genoss es den Kleinen durch seinen perfekten Körper aufzugeilen und fixierte immer wieder diesen verführerischen süßen Knackarsch. „Nächstes Mal machen wir Nahkampftraining", meinte Max schelmisch grinsend zu Markus, der zurückgrinste und als Antwort an Max Schwanz packte und ihn zweimal kurz wichste. Max ging auf ihn zu, presste Markus an sich und flüsterte ihm ins Ohr: „Kleine geile Sau, du. Ich gebe Dir gleich meine Adresse, dort können wir nächstes Mal noch ungestörter Ficken. Kannst bei mir dann auch Übernachten, dann zeige ich Dir, was man mit so einem Schwanz noch alles machen kann. All night long." – Markus nickte heftig und hauchte ein „Geil, kann es kaum erwarten." Max knallte mit der Hand auf Markus Knackarsch und beide verließen sie den Duschraum.

Erfrischt und sauber schnappten die beiden sich ihre Handtücher und gingen zu ihren Spinden. In der Umkleide waren inzwischen einige Typen, die sich für den Sport umzogen, die Feierabendsportler waren eingetroffen. Markus und Max blieben allerdings in einem der Gänge unter sich. Markus zog sich Retropants in buntem Muster an, die hauteng saßen, seine Schenkel, sein Gemächt und seinen Knackarsch betonten, darüber eine kurze Hose, ein Shirt, Sneakers und einen Hoodie. Bevor er sich den Hoodie anzog erstarrte Markus noch einmal vor dem Anblick, den Max ihm bot.

Max hatte seine Arbeitsklamotten bereits vor dem Duschen in den Spind gehängt gehabt und war nun in einen weißen Jockstrap gestiegen, der seinen muskulösen Arsch und seinen ruhenden Schwanz stark betonte. Dann holte er eine schwarze Alpinestars-Lederkombi mit roten Zierstreifen aus dem Spind und zog sie sich an. Die Kombi schmiegte sich an den muskulösen Körper ohne zu viel preis zu geben. Dazu passende Racing-Stiefel in schwarz, den Carbon-Integralhelm und die Handschuhe nahm er in die Hand und wandte sich lächelnd zu Markus um. „Tja, wir könnten natürlich auch mal zusammen über die Straße knallen. Komm noch eben mit runter."

Hastig packte Markus seine Tasche und folgte Max in die Tiefgarage. Dort stand in einer Nische ein mattschwarz mit roten Streifen lackiertes Superbike von Aprilia. „Das ist mein anderes Schätzchen, eine RSV4, mit der ist man immer etwas zu schnell unterwegs", lachte Max Markus an. Der näherte sich ehrfürchtig dem zierlich wirkenden Bike und schaute dann auf das schmale Heck der Maschine. „Und da soll ich hinten drauf passen?" – „Naja, warum nicht, ist auf jeden Fall eine geile Position, glaub mir". Da war es wieder, dieses freche, etwas arrogant, aber irgendwie auch schelmisch wirkende Grinsen, das Markus neben anderem an Max so anziehend fand. „Kannst es Dir ja überlegen, ich gebe Dir schon mal meine Adresse und Handy-Nr. Ruf mich an, wenn Du Bock auf einen Ritt hast." Max zwinkerte Markus zu, zückte sein Handy und schickte Markus die Daten per Messenger.

Max zog sich Helm und Handschuhe an, schob sein Bike in Position und setzte sich drauf. „Hat Spaß gemacht mit Dir. Hau rein, bis zum nächsten Mal, Kleiner." Er streckte seine behandschuhte Hand aus und Markus schlug ein. Dann startete Max seine Maschine und das Bollern des starken V4-Motors erfüllte das Parkhaus. Mit einem sanften Klack rastete der erste Gang ein, mit der rechten Hand tippte er noch kurz wie zum Gruß an den Helm, dann fuhr er Richtung Ausfahrt davon. Kaum war er aus dem Parkhaus raus und auf die Hauptstraße eingebogen gab er kräftig Gas, entschwand damit endgültig aus Markus Blickfeld und dieser hörte nur noch das stetig leiser werdende Grollen des Superbikes.

Kapitel 2
Bei Max zu Hause

3 Tage später

Die ganze Woche über war es schon sehr heiß gewesen, doch für Markus war es die heißeste Woche seines bisherigen Lebens gewesen. Die Ursache hierfür war natürlich nicht so sehr das Wetter, sondern die heiße Dusche mit dem geilen Trainer aus dem Fitnessstudio. Die Session in der Dusche des Studios mit Max hatte Markus endgültig die Gewissheit gegeben, dass er auf Männer stand und endlich auch Anal-Sex erleben wollte. Und das auf jeden Fall als erstes mit seinem neuen Sexgott Max. Daher schrieb er am Freitag eine Nachricht an ihn, ob sie sich am Samstag treffen könnten. Max lud ihn daraufhin für 16:30 Uhr zu sich nach Hause ein.

Passenderweise waren Markus Eltern für 2 Wochen an die Nordsee gefahren und er hatte auch keine Geschwister, die ihn zu Hause hätten vermissen können. Im Zweifel war er halt auf einer Party gewesen, falls seine Eltern ihn versuchen würden zu erreichen.

Markus machte sich nach seinem Rudertraining am See direkt auf den Weg zu der Adresse, die Max ihm genannt hatte. Mit dem Rad war es eine gute halbe Stunde vom See dorthin und Max nahm die Sportsachen sowie Schlafzeug zu seiner Verabredung mit. Voller Vorfreude kam er an einem mehrstöckigen Apartmenthaus an, das in einem ruhigen Vorort der Großstadt lag. Er klingelte und wurde eingelassen, das Fahrrad stellt er in eine dafür vorgesehene Nische im großen Treppenhaus.

Die Wohnung lag im obersten Stock, daher nahm Markus den Aufzug. Oben angekommen wurde er von Max empfangen, der Flip-Flops, eine kurze Sporthose und ein Tank Top trug, das seine Muskelpakete gut zur Schau stellte. Auf dem Kopf trug er ein Fitted Cap, mit dem Schirm leicht zur Seite gedreht. Durch die offene Wohnungstür drang bassiger Hip-Hop in mittlerer Lautstärke. Max strahlte Markus an, nahm ihm die Tasche ab und umarmte ihn zur Begrüßung. Markus fiel Max um den Hals und küsste ihn auf den Mund, was dieser sofort mit einem zärtlichen Zungenkuss erwiderte. Küssend gingen sie in die Wohnung und Max kickte mit dem Fuß die Tür zu. Ein heißes Wochenende stand bevor.

Max löste sich von Markus und stellte die Tasche im Flur ab. Er führte Markus in das Wohnzimmer und verschwand kurz in der Küche. Markus ließ die Wohnung auf sich wirken: Sie hatte etwa 70 m², die sich auf einen kleinen Flur, eine kleine Küche, Bad, Schlafzimmer sowie ein offenes Wohnzimmer verteilten. Wohn- und Schlafzimmer waren durch eine kleine Dachterrasse verbunden, auf der zwei Liegestühle und ein Tisch standen. Ein weißes Sonnensegel war an Haken über der Fensterfront und am Geländer befestigt, tänzelte leicht im Wind und spendete angenehmen Schatten vor der Nachmittagssonne. Die Wohnung selbst war spartanisch mit ein paar nicht zu teuren, aber dennoch geschmackvollen modernen Möbeln eingerichtet. Im Wohnzimmer standen u.a. Nachbauten des Barcelona-Chairs von van der Rohe und auf dem großen Flat-TV an der Wand lief ein Musiksender mit einem Hip-Hop-Video.

Die Wände waren komplett weiß gestrichen und mit Fotos in Bilderrahmen geschmückt: Max mit Surfbrett, freiem Oberkörper und Sonnenbrille am Sandstrand, Max mit dem Bike beim Knieschleifen auf der Rennstrecke, Max mit angespanntem Gesicht beim Workout im Studio, Max beim Boxen im Ring, Max gut gelaunt im Kreise seiner Arbeitskollegen. Max hier und Max da. Der Kerl lächelte einem fast aus jeder Ecke entgegen, stellte Markus mit wachsender Erregung fest. Sofern noch andere Leute auf den Fotos zu sehen waren wirkten sie auf Markus nur wie Statisten, für ihn war Max die Hauptperson.

Bei dem Foto aus dem Surfurlaub blieb sein Blick hängen und er betrachtete den geilen Körper von Max. Wenn man genauer hinsah, erkannte man wie das Salzwasser von seiner braun gebrannten Brust tropfte und das Sonnenlicht auf der nackten Haut glitzerte. Wieder dieses geile Sixpack mit dem dunklen Bauchnabel, das er schon unter der Dusche ausgiebig befühlen konnte. Er betrachtete das Gesicht von Max auf dem Foto, ein breites Lächeln, die schwarze Sonnenbrille mit großen Gläsern bedeckte die Augenparty vollständig. In der einen Hand hielt er sein Surfbrett, das in den Sand gesteckt worden war, mit der anderen winkte er lässig in die Kamera. Ein Anblick zum dahin schmelzen für Markus, der merkte wie er steif wurde.

Kapitel 3
Das erste Mal für Markus

Das Spielen begann sehr bald, nachdem sie sich Pizza hatten kommen lassen und gegessen hatten: Sie saßen jeder auf einem der Wohnzimmersessel, den Pizzakarton neben sich liegen. Beide waren sie etwas ermattet durch die Kohlenhydrate. Markus erzählte gerade von seinem Rudertraining, als Max sich beiläufig mit seiner rechten Hand unter den Bund seiner Sporthose fasste und seinen Schwanz zu massieren begann, die Beine hatte er leicht gespreizt. Er unterhielt sich dabei ganz normal weiter, während Markus sich das ganze interessiert anschaute. Auch er begann jetzt, während er sprach, sich in den Schritt zu packen. Da er Bermuda-Shorts trug, war das nicht ganz so leicht wie für Max mit seinem elastischen Hosenbund. Markus öffnete die Knöpfe seiner Hose und befummelte seine Beule in den Retropants.

Max erhob sich und stellte die Pizzakartons in die Küche. Dann stellte er sich vor dem noch sitzenden Markus und zog seine Trainingshose ein Stück runter. Er hatte keine Unterwäsche an, sodass sein steifer Schwanz und seine dicken Eier sofort hervorsprangen. Wie eine Lanze deutete der Schwanz auf Markus, der mit der einen Hand weiter seine Beule in den Shorts bearbeitete und mit der freien Hand Max Schwanz ergriff. Er war warm und pulsierte leicht in Markus Hand. Er konnte die feinen Adern des steifen Geräts spüren, fasziniert betrachtete er den langen und dicken Schwanz und die fette, beschnittene Eichel an der Spitze.

Kein riesiges Monster, aber durchaus ein geiler Hammer, der einiges an Platz braucht. „Sporthosen finde ich immer praktischer, damit ist man viel flexibler", meinte Max beiläufig, während er abwartete was Markus als Nächstes tun würde. Markus begann mit leichten Wichsbewegungen, erst auf einer Stelle, dann wurden die Züge länger und schließlich strich er über das komplette Rohr mit langsamen, gefühlvollen Zügen. Geilheit stieg in Max auf und er wusste: Gleich würde er den Kleinen entjungfern, ihn sich packen, auf das Bett schmeißen, vorbereiten und dann richtig Spaß haben. Der kleine Knackarsch war sowas von fällig. Max stöhnte und auch Markus ließ ein leises Stöhnen hören. Schon das Wichsen dieses großen Schwanzes erregte ihn sehr, seine Beule wurde nicht nur durch seine Hand immer größer.

„Wie war das? Du wolltest mit dem Spielen anfangen?", fragte Max grinsend. Markus nickte eifrig „Ich will, dass Du mich fickst, Max. Das in der Dusche war so endgeil, DU bist so endgeil und ich will, dass Du der Erste bist, der in mich eindringt und es mir so richtig besorgt. Bitte fick mich!" – Max stieß einen Pfiff aus und lachte „Na du gehst ja ran, Kleiner. Aber kein Problem, wir können direkt zum Hauptfilm übergehen. Aber nicht hier…". Mit diesen Worten öffnete er die Schiebetür zum Schlafzimmer und winkte Markus einzutreten, Markus sprang auf und betrat das Schlafzimmer, mit einer deutlichen Beule in seiner Unterhose, die Bermudashorts rutschten ihm beim Gehen herunter und er stieg beiläufig aus ihr heraus. Max sah die athletische Figur des Jungen und seine Lust steigerte sich noch einmal. Er leckte sich über die

Lippen, als Markus vor ihm Richtung Bett ging und sich darauf schmiss. Sein Knackarsch war nun genau in der richtigen Position, musste er nur noch die Unterhose loswerden.

Max, immer noch mit seiner steifen Latte, der halb heruntergezogener Sporthose, Tank Top und Cap bekleidet, schloss die Schiebetür hinter ihnen, draußen setzte die Dämmerung ein. Sie machten kein Licht, das Halbdunkel war genau richtig für das, was sie jetzt vorhatten. Markus drehte sich auf den Rücken und beobachtete Max. Dieser riss sich mit einer schnellen Bewegung die Hose runter und schmiss sie auf den Boden, seine dicken und strammen Oberschenkel waren sichtbar, glatt, braun gebrannt und ohne Behaarung. Dann nahm er sein Cap und warf es zielsicher auf eine der Nachttischlampen. Jetzt blieb nur noch das Tank Top, Max zog am Saum des Oberteils und zog es langsam nach oben, dabei blickte er Markus in die Augen und begann leicht mit den Hüften zu schwingen. Markus machte große Augen wegen dieser kleinen Stripeinlage und spielte an seinem Schwanz. Max lächelte und präsentierte sein Six-pack. Kurz vor den Brustmuskeln hielt er inne und Markus rief: „Weiter, weiter! Mehr!"

Max zog das Tank Top ganz nach oben und entblößte seine dicke Brust mit zwei verführeri-schen Brustnippeln, die spitz abstanden. Er zog sein Top über den Kopf und es landete neben der Hose auf dem Boden. Da stand Max nun, vor dem Bett in seiner überwältigenden Schönheit: 1,88m groß, braun gebrannt, verschmitztes Lächeln, per-fekt gestählter und definierter Körper, breite Schul-tern. „Wie in einem meiner Pornofilme", schoss es

Markus durch den Kopf. Max stieg in das Bett und beugte sich über Markus, er küsste ihn auf den Mund und begann ein zärtliches Zungenspiel, während er seinen Muskelkörper auf den von Markus legte und ihre Schwänze aufeinander lagen. Beide spürten die Wärme des anderen, vor allem Max heizte wie ein Kraftwerk, sodass Markus leicht anfing zu schwitzen.

Mit den Ellenbogen stützte Max sich ab, sodass nicht sein ganzes Körpergewicht auf Markus lag. Nach dem Kuss betrachtete er den Kleinen und raunte „Ein süßer kleiner Bengel bist du, habe dein Potenzial sofort geahnt, als ich dich auf dem Ergo entdeckt hatte. Ich wusste nur nicht, ob du auf Männer stehst, aber in der Dusche finde ich sowas meist sehr schnell raus. Und ich mag so Jungfrauen wie Dich, macht den Sex geiler." – „Nimm mich", hauchte Markus willig und wie elektrisiert von dem auf ihm liegenden Kerl. Er war ihm gerade vollkommen ausgeliefert, fühlte sich aber in guten Händen, Max strahlte eine besondere Art der Fürsorge aus.

Max rollte sich zur Seite und Markus schaute enttäuscht. „Geht gleich los, Kleiner, ich bereite Dich noch auf dein erstes Mal vor, dann geht es einfacher für uns beide." Markus grinste und zeigte Daumen hoch. „Dreh Dich auf den Bauch", befahl Max. Markus gehorchte, während Max seinen Nachttisch öffnete, ein Kondom und Gleitmittel heraus nahm. Er nahm die Flasche und gab eine ordentliche Portion auf die Hand und führte sie an den Arsch von Markus, der nun leicht nach oben zeigte. „Spreiz deine Beine etwas, ich schmiere Dir etwas Gleitmittel in dein Loch, es wird etwas kühl.

Entspann Dich." Markus nickte und spreizte die Beine, sodass sein kleines rasiertes Loch sichtbar wurde. Max führte seine Finger mit der Gleitcreme an das rosa Loch und massierte es in kreisenden Bewegungen um das Loch. Beim ersten Kontakt zuckte Markus kurz zusammen, entspannte sich dann aber wieder. „Ruhig", flüsterte Max und steckte seinen dicken Zeigefinger langsam in das Loch. Markus stöhnte und zog sein Loch etwas zusammen, sodass der Finger fest umschlossen war. Max erregte das Spiel und er verstrich in dem Loch die Creme.

Dann nahm er seine anderen Finger und wiederholte das Spiel, bis das Loch gut eingeschmiert und seine Finger wieder frei waren. Seine Finger passten einzeln jetzt locker in das Loch rein und er nahm nun Zeige- und Mittelfinger zusammen, um einen neuen Vorstoß zu wagen. „Ich weite dein Loch erstmal mit den Fingern vor, dann hat mein Schwanz nachher leichteres Spiel. Bleib weiter so schön entspannt." – „Jaaa", hauchte Markus. Sein Schwanz lag steinhart unter seinem kleinen Waschbrettbauch auf dem Bettlaken. Schon die bisherige Vorbehandlung hatte ihn so geil gemacht, dass er bereits Vorsaft siffte und im Laken einen Fleck hinterließ.

Max führte nun beide Finger in das Loch und begann mit leichten Fickbewegungen. Markus ging leicht mit und schob stöhnend seinen Arsch den Fingern entgegen. „Geile Sau", dachte sich Max und fuhr fort. Nach kurzer Zeit nahm er noch den Daumen hinzu und nach einer guten Viertelstunde war Markus Loch genug geweitet. Max nahm die Finger raus und rieb mit einem weiteren Schuss

Gleitgel seine Prachtlatte ein. Mit ein paar schnellen Wichsbewegungen gewann der Penis wieder volle Steifigkeit und wurde hart wie Stahl. Max schaute zufrieden runter auf seinen abstehenden Kolben und dann auf das rosa Loch von Markus. Kaum zu glauben, dass seine Latte gleich in das Loch einfahren würde.

Er riss die Packung des Kondoms auf und in einer fließenden Bewegung stülpte er es über seinen Schwanz, sodass dieser nun komplett eingepackt war und leicht glänzte. Das Kondom definierte die Form des Penis zusätzlich und die leichte Enge machte Max noch geiler als er eh schon war. An der Spitze konnte man sehen, wie erster Vorsaft sich sammelte. Prima, der würde den Schwanz von innen her schmieren, wenn die Post abging. Mit einer weiteren Portion Gel schmierte Max sich seine Latte auch noch von außen reichlich ein, sodass das Kondom ziemlich verschleimt aussah. Dann ging er hinter Markus Arsch auf die Knie und positionierte seinen vorbereiteten Hammer hinter dem jungfräulichen rosa Loch. Er klatschte auf die Arschbacken des Kleinen, der zuckte und aufstöhnte, Sabber lief ihm aus dem Mund in das Kopfkissen. Max nickte und setzte an. Ganz vorsichtig führte er seine Eichel in das Loch. Markus zuckte und stöhnte, der Schließmuskel umschloss krampfhaft den Eindringling.

Max ging wieder etwas zurück und flüsterte beschwörend „Ruhig, ganz entspannt bleiben. Wenn Du dich entspannst tut es kaum weh, vertrau mir." Markus murmelte etwas Zustimmendes und entspannte sich wieder. Max genoss das Spiel, auch wenn er noch nicht am Ziel war, fand er schon die

Stimulation seiner Eichel durch die Schließmuskeln geil. Und er hatte Zeit, seine Ausdauer war sowieso legendär.

Max setzte wieder an und diesmal ging seine Eichel problemlos durch Markus Schließmuskel. Er hielt kurz inne und schob dann vorsichtig weiter. Der Kanal wurde enger und Max musste etwas mehr Druck aufwenden, um weiter eindringen zu können. Markus keuchte und Max hielt wieder inne. „Geht's?" – „Es tut etwas weh, aber mach bitte weiter. Ich will ihn spüren." Max machte also weiter. Um dem Kleinen etwas Entspannung zu gönnen begann er nun mit leichten Fickbewegungen, wobei er mit seinem Schwanz nicht weiter vordrang, sondern ihn nur zur Hälfte reinschob, bis dorthin wo er zuletzt vorgedrungen war.

Mit seinem Penis verteilte Max bei jeder Bewegung das Gleitmittel im Lustkanal, nach kurzer Zeit ging Markus Keuchen in ein wohliges Stöhnen über. Max ging nun bei jedem Schub etwas weiter, was Markus mit heftigerem Stöhnen beantwortete. Nach einigen Minuten war er zum ersten Mal komplett drin und seine Schamhaare Drückten an die Arschbacken, sein Muskeltorso schmiegte sich an. Er verharrte mit seinem Schwanz in dem Kleinen und genoss die weiche, feuchte Wärme, die seine Lanze umgab. Er schaute auf den blonden Lockenkopf von Markus und fragte „Siehst du, geht doch. Spürst du noch Schmerzen oder kann ich mit dem Ficken anfangen?" – „Anfangen!", stöhnte Markus nur und Max Geilheit kochte in ihm hoch. Er zog seinen Schwanz schnell bis kurz vor der Eichel raus und stieß dann ebenso schnell wieder in ganzer Länge zu, sodass Markus Loch gar nicht erst wieder schließen konnte. Seine Eier klatschten deutlich hörbar gegen Markus Arsch und er schrie auf vor Geilheit. „Jetzt geht's los, Baby", grollte Max und begann mit langen Fickbewegungen, deutlich schneller als vorher.

Das Loch von Markus wurde nun vollständig mit dem Gleitmittel an Max Schwanz geschmiert, sodass nach kurzer Zeit alles zu einer warmen, wohlig engen Rutschbahn wurde, in der sein Schwanz mühelos ein- und ausfuhr. Die Enge machte Max halb wahnsinnig und er steigerte sein Tempo kontinuierlich weiter. Nach ein paar Minuten fing er an zu Grunzen und geriet in einen wahren Fickrausch, angetrieben durch das Gestöhne von Markus, der Max immer weiter anfeuerte. Markus Träume vom ersten Mal gingen voll in Erfüllung, davon hatte er schon immer geträumt: Sich von einem Muskelhengst richtig durch nageln lassen, ohne vor Schmerzen Angst haben zu müssen.

Inzwischen fuhr der Schwanz in hohem Tempo immer rein und raus, bei jedem Rausziehen zog das Gleitmittel Fäden und verkleisterten den eingepackten Schwanz, wenn Max seinen Prügel reinschob drückte aus dem Spalt zwischen Schwanz und Loch langsam aber sicher das Gleitmittel raus. Bei jedem Stoß klatschten Max Eier im Rhythmus gegen den Arsch von Markus. Markus stöhnte, wand sich, wirbelte mit seinem Kopf im Kissen hin und her und sabberte, während er von seinem Hengst kräftig durch genagelt wurde. Auch Max stöhnte und grunzte nun, rief immer wieder Markus Namen dabei. Max verlangsamte zwischendurch kurz das Tempo, um dann wieder in vollem Tempo weiter zu ficken. Sein Muskelarsch spannte sich bei jeder Vorwärtsbewegung an, sein Sixpack glänzte vor Schweiß und seine großen Hände hielten den Arsch von Markus in Position. Hin und wieder knallte er zusätzlich mit den Händen auf die festen kleinen Arschbacken. Der Raum war angefüllt von ihrem Stöhnen, Grunzen, dem Klatschen der Eier und einem leichte Knarren des Bettgestells. Max fickte ohne Unterlass, mit unglaublicher Ausdauer über fast eine Stunde, beide gerieten in einen regelrechten Fickrausch.

Dann wurde Max Stöhnen lauter und er fing an zu Keuchen. Unter einem langgezogenen „FUUUCK!" schoss er seine Ladung in das Kondom, während er im Anus von Markus steckte. Markus konnte trotz Kondom spüren wie sich dieses mit Sperma füllte, da es an dieser Stelle spürbar wärmer wurde. Und dies brachte dann auch Markus, der mit seinem Vorsaft einen sehr großen Fleck im Laken unter sich hinterlassen hatte, zum Abschuss. Max merkte das nicht nur an Markus Geräuschen, sondern auch an dem sich verengenden Schließmuskel im Arsch, der seinen Schwanz massierte. Markus spritze alles auf den Bezug und seinen Bauch, der nun mit Sperma zugekleistert an dem Bezug klebte. Max nahm seinen Schwanz heraus und zog dabei wieder leichte Fäden, aus dem weit geöffneten Loch tropfte etwas von dem Gleitmittel. Max hatte den Schwanz im Arsch pumpen lassen und das Kondom war vorne gut gefüllt mit weißem Sperma. Markus drehte sich halb um und schaute seinen Sexgott an. Er zeigte sein spermaverschmiertes Sixpack und Max grinste ihn zufrieden an, Markus strahlte.

„Wahnsinn Max, das war so endgeil. Ich bin ganz ohne Hilfe gekommen und im Arsch gefickt zu werden fühlt sich so gut an. Noch mal!" – „Haha, du gehst auch echt saugeil ab, Kleiner. Ich muss kurz was Trinken, dann geht's weiter". Max rollte das Kondom vorsichtig ab und strich es lang. Dann setzte er es zum Erstaunen von Markus an seinem Mund an und ließ das Sperma aus dem Kondom in seinen Mund laufen. Mit der Zunge leckte er die letzten Reste, die er kriegen konnte, weg und schmatze vernehmlich, als er mit seiner Zunge seine Lippen ableckte. „Ah, kleiner Eiweiß-Shake, jetzt kann es weiter gehen", lachte Max gut gelaunt. Seine Latte stand schon wieder, der kleine Kerl machte ihn fickerig. Er stülpte sich das benutzte Kondom wieder über und stand auf. „Jetzt probieren wir eine andere Position aus, steh mal auf." Markus tat wie geheißen und Max legte sich jetzt auf den Rücken. Mit einer Hand langte er zu einem Schalter und die Nachttischlampen erhellten den Raum mit gedämpftem Licht. Draußen war es dunkel geworden und sie spiegelten sich in der Scheibe zur Terrasse.

Mit geübten Griffen strich Max über seine Latte, sodass diese kerzengerade hochstand. „Okay, jetzt spielen wir Hoppe Hoppe Reiter", grinste Max und wies Markus an sich mit dem Gesicht zu ihm auf die Latte zu setzen. Markus war begeistert über die Aussicht seinem Ficker beim Sex ins Gesicht schauen zu können und kletterte auf den gestählten Körper von Max. Seine Brust hob und senkte sich, Markus leckte kurz über die verführerischen Brustwarzen. Die Muskelpakete waren mit einem Schweißfilm überzogen und dufteten herrlich herb nach Männlichkeit, im ganzen Raum roch es nach Schweiß und Sperma. „Brauchst du noch was Gleitgel?", fragte Max, aber Markus schüttelte den Kopf. „Ich probiere es mal so, glaube ich bin da unten noch feucht genug", sagte er mit einem frechen Gesichtsausdruck. Max mochte den Kleinen immer mehr, der fackelte nicht lange, sondern war genauso geil auf Sex wie er selbst. Ein williger kleiner Schönling, der es sich kräftig besorgen ließ und es in vollen Zügen genoss. Genau so wollte er es haben!

Max rotzte trotzdem kräftig in seine Hand und verteilte die Spucke auf seinem Schwanz. Markus ging in die Hocke und spreizte seine Beine, positionierte seinen Arsch über Max Latte, während Max mit einer Hand den Schwanz in die richtige Position führte. Max stemmte sein Becken etwas hoch, um dem Arsch näher zu kommen. Als die Eichel das Poloch berührte verharrte er. „Jetzt lass dich langsam fallen, bis du aufliegst." Markus hielt nichts von langsam und ließ sich regelrecht fallen, sodass der Schwanz mit Karacho in den Fickkanal eindrang und Markus Arsch auf den Oberschenkeln aufklatschte. Markus machte ein schmerzverzerrtes Gesicht und wimmerte leise, aber kurz darauf kam das geile Gefühl zurück. „Wow, schön langsam, so geübt bist du noch nicht", meinte Max, auch wenn er begeistert war, wie hemmungslos der Kleine sich zeigte. Sie blieben in der Position und betrachteten sich gegenseitig: Markus mit seiner athletischen Schönheit und der blonden Wuschelmähne auf dem Kopf, seine blauen Augen glitzerten im gedämpften Licht, das langsam trocknende Sperma an seinem Waschbrettbauch. Darunter Max mit seinem Riesenschwanz im Arsch von Markus, sein großes Sixpack, dahinter das kleine Gebirge aus Brustmuskeln und auf dem Kissen leicht erhöht das schöne Gesicht von Max, der seinen neuen kleinen Fickkumpel stolz anschaute. Seine muskulösen Arme lagen links und rechts ausgebreitet, die Bräune seines Körpers war ein bestechender Kontrast zu dem weiß bezogenen Bett.

„Okay, dann fang mal an zu reiten, mein kleiner Prinz", lächelte Max Markus an. Der fing an seinen Arsch zu heben und zu senken, erst vorsichtig, dann etwas schneller. Dabei warf er seinen Kopf zurück, dass seine blonden Locken flogen und er verdrehte stöhnend die Augen. Seine Zunge hing etwas aus dem süßen kleinen Schmollmund, während er auf dem Luststab seines Hengstes ritt. Max schaute sich das Spiel an und genoss die Pause, die er bekam. Doch so richtig kam er so nicht auf seine Kosten, das war ihm nicht hart genug. Also begann er bald die Auf- und Abbewegungen des Kleinen mit eigenen Beckenbewegungen zu unterstützen. Sie fingen wieder beide an zu Stöhnen und Max fühlte die Feuchtigkeit der kleinen Lustgrotte, die seinen eingepackten Schwanz durch den Kanal flutschen ließ. Endgeil, so hatte es der Kleine eben genannt. Ja, das war mal wieder endgeil. Wie immer, wenn er fickte.

Markus hörte mit seinen Bewegungen auf und überließ nun Max vollständig die Initiative, der das zum Anlass nahm das Tempo zu erhöhen und sich mit der Zeit wieder in einen Fickrausch steigerte. Sein Kolben schoss hoch und runter, die Spucke und der Rest des Gleitmittels wurden zu Schaum geschlagen, der wieder aus dem Spalt zwischen Schwanz und Arschloch sichtbar wurde. Geil, wie er diesen Fick genoss! Und wie der Kleine abging! Markus quietschte nun vor Vergnügen und feuerte Max an schneller und tiefer zu stoßen. Er hoppelte nun wie auf einem Pferd im Galopp, wurde von dem Schwanz und dem kräftigen Körper von Max immer wieder gestoßen, sodass er auf- und niederging. Max nahm eine seiner Pranken, ergriff Markus Schwanz und begann ihn zu wichsen. Das quittierte Markus mit heftigerem Gestöhne, schon nach kurzer Zeit kam er heftig und bedeckte den Waschbrettbauch von Max mit seinem Geilsaft, das sich in den Rinnen des Sixpacks sammelte und in den Bauchnabel abfloss. Max grunzte zufrieden und steigerte das Tempo nochmal. Sie fickten weiter, Markus schaute in den Spiegel an der Schrankwand und geilte sich an dem Anblick von ihnen beiden beim Sex auf. Er spielte sich an seinen Nippeln, während er immer und immer wieder gepfählt wurde. Dann schaute er nach oben und sah sie beide aus einer anderen Perspektive und auch Max schaute gerade nach oben in den Spiegel. Sie grinsten sich durch den Spiegel zu, während der Ritt unverändert heftig weiterging und das Klatschen den Raum erfüllte. Auch im Fenster spiegelten sie sich deutlich, draußen war es stockfinster. Ganz in der Ferne war die Autobahn zu erkennen.

Als Max seinen zweiten Abgang hatte kam auch Markus noch einmal. Doch dann hatten beide genug: Markus stieg von Max herunter und beide gingen nackt wie sie waren unter die Dusche, um sich den Schweiß und das Sperma abzuwaschen, wo sie ausgiebig knutschten, sich umarmten und Markus wieder den Körper seines Stechers bewunderte. Frisch geduscht und duftend gingen sie trocken, aber vollkommen nackt in die Küche, tranken jeder eine Flasche Wasser und gingen dann in das Schlafzimmer zurück. Dort roch es noch nach heißem Sex und das Bettlaken war feucht von Schweiß und ihrem Sperma. Sie sahen sich an und zuckten mit den Schultern „Habe jetzt echt keinen Bock noch das Bett zu wechseln", meinte Max und ging zu dem großen Fenster, durch das man auf die Terrasse sah. Er öffnete das Fenster weit und band einen Faden an den Griff, um das Fenster zu fixieren. „Ich hasse es in warmen Räumen zu pennen, hoffe du hast nichts gegen frische Luft heute Nacht?" – „Kein Problem", antwortete Markus, der schon in das Bett gekrabbelt war und darauf wartete, dass Max zu ihm unter die gemeinsame Decke kam. Max stieg ein und schlüpfte unter die Decke. Er löschte das Licht und Dunkelheit legte sich über den Raum, nur die fernen Lichter von draußen sorgten für ein wenig Schattenspiel. Sie lagen beide auf der Seite, Max rückte näher ran und legte seinen Arm um den Kleinen, der sich eng an ihn kuschelte und sie fühlten die Körperwärme des jeweils anderen. „Schlaf gut, Kleiner", meinte Max und Markus seufzte und ließ noch ein „Gute Nacht, Max" hören, dann schliefen sie ein.

Kapitel 4
Der Ausflug

Markus blinzelte. Etwas Warmes strich zwischen seinen Arschbacken hindurch und es fühlte sich gut an. Er drehte seinen Kopf und entdeckte Max, der immer noch hinter ihm lag und an den er sich beim Einschlafen angekuschelt hatte. Max lächelte ihm zu, während er langsam seinen leicht steifen Schwanz immer wieder durch Markus Spalte zog. „Moin, mein Kleiner. Gut geschlafen?" – „Morgen, super gut, danke. Was machst du da?" – „Ich geile mich ein bisschen an deinem süßen Knackarsch auf. Hab morgens meist eine Latte und wenn ich schon so eine geile Kiste neben mir liegen habe, muss ich das ausnutzen", antwortete Max völlig ungerührt, als ob es das normalste der Welt wäre.

Markus erregte diese vulgäre Sprache. „Wie fandst du dein erstes Mal, nachdem du so gierig darauf warst? Hat es Spaß gemacht?" – „Es war hammergeil. Ich bin froh von Dir entjungfert worden zu sein, du hast gut Rücksicht auf mich genommen und mir trotzdem ordentlich Zunder gegeben. Der Ritt nachher war das geilste überhaupt, sowas kannte ich bisher nur aus Pornos." – „Du bist ja auch ziemlich rangegangen, als du dich einfach so hast fallen lassen auf meine Latte. Das war schon echt heftig", lobte Max seinen jungen Freund. Er hörte auf mit seinem Spiel und stand auf. „Ich gehe nochmal kurz duschen und mache uns dann Frühstück." Markus nickte zustimmend, rollte sich auf den Rücken und schaute seinem

Hengst hinterher, der nackig das Zimmer Richtung Bad verließ.

Markus war faul und fing an sich gedankenverloren an seinem Schwanz und den Eiern rumzuspielen. Wie vertraut ihm die Wohnung schon vorkam und wie selbstverständlich er sich in einem fremden Bett gehen lassen konnte! Er schaute sich seinen kleinen Steifen an und dachte sich, ob er wohl jemals auch bei Max mal zum Zug käme? Würde der sich von ihm ficken lassen? Was für ein Gefühl wäre das in seinen geilen Muskelarsch einzudringen und sich an seinem massigen Körper festzuklammern? Seine innere Wärme zu spüren?

Markus hing solchen Gedanken nach und schaute dabei aus dem Fenster, die Sonne stand schon hoch am Himmel, es war kurz nach 10:00 Uhr wie er mit Blick auf den Wecker auf dem Nachttisch feststellte und ein weiterer heißer Sommertag kündigte sich an. Max kam wieder herein und schmunzelte, als er den Jungen auf seinem Bett gedankenverloren an sich herumspielen sah. Er ging zu seinem Schrank und holte sich eine kurze Hose und ein T-Shirt raus. Das Cap ließ er diesmal weg. Sein T-Shirt spannte hauteng über seine Muskelpakete, seine Brüste und die Nippel zeichneten sich deutlich ab, die Ärmelsäume spannten um seinen Trizeps. „Nice", dachte sich Max, als er sich bewundernd im Spiegel betrachtete. Markus hatte nichts von dem mitgekriegt und bemerkte Max erst wieder, als dieser pfeifend in die Küche ging und das Frühstück zubereitete.

Nach etwa 10 Minuten roch Markus den Duft von Rührei, Speck und frischem Kaffee. Er stand auf und zog sich seine Unterhose an, die er gestern vor dem Bett losgeworden war und sammelte auf dem Weg zur Küche auch seine Bermudas ein. Mit freiem Oberkörper betrat er die Küche, wo Max gerade den Speck wendete. „Na, du Langschläfer. Bereit für das Frühstück? Deck doch schon mal den Tisch nebenan, ist gleich fertig. Geschirr findest du da oben.", wurde Markus begrüßt. Er öffnete den Schrank, entnahm das Geschirr und deckte an dem kleinen Esstisch nebenan. Als er noch das Besteck holte, kam Max mit der Pfanne und dem Kaffee und stellte sie auf den gedeckten Tisch.

Sie setzten sich gegenüber und bedienten sich. Beide hatten mächtig Kohldampf nach der gestrigen Nacht und aßen schweigend. Nachdem der erste Hunger gedeckt war fragte Max: „Hast du heute schon was vor? Wenn du willst kannst du heute noch bei mir bleiben, aber ich bin nachher mit meinem besten Kumpel zum Motorrad fahren verabredet. Ich würde Dich mitnehmen, wenn Du Lust hast. Bist du schon mal Motorrad gefahren?" – „Nein, noch nie, aber ich würde es mal ausprobieren. Ich habe heute noch nix vor, muss aber heute Abend wieder zu Hause sein… Leider", fügte Markus hinzu. „Hast du denn Schutzkleidung für mich?" – „Positiv, ich habe eine zweite Kombi für Mitfahrer, müsste ungefähr deine Größe sein. Helm, Handschuhe und Stiefel auch." – „Du sagtest es wäre eine geile Position bei Dir hinten drauf zu sitzen, das würde ich gerne mal ausprobieren, hast mich neugierig gemacht." – „Max lachte: „Das garantiere ich Dir, du wirst sehen was ich meine. Lass uns aufräumen und dann schauen wir mal wie Dir die Kombi passt."

Gesagt, getan. Sie räumten die Reste des Frühstücks in die Küche und gingen dann in das Schlafzimmer zurück. Max öffnete die linke Schiebetüre und zwei Ledereinteiler von Alpinestars wurden sichtbar, der eine war der schwarz-rote, den Max in der Tiefgarage vom Fitnessstudio getragen hatte, der andere war komplett schwarz mit weißem Logo und etwas kleiner als der erste. Oben drüber war ein breites Fach, in dem zwei Helme standen, einmal der bekannte Carbonhelm, zum anderen ein schwarzer Helm. Unter den Kombis standen zwei Paar Alpinestars Racing-Stiefel mit Zehenschleifern, Max Paar hatte benutzte. Markus schaute sich das ganze interessiert an, während Max die kleinere Kombi rausholte. „Okay, schauen wir mal. Es wird ein heißer Tag, daher empfehle ich Dir nur die Unterhose anzulassen, die Kombi heizt ganz gut unter der Sonne, trotz Fahrtwind. Eigentlich kannst du auch die Unterhose weglassen", grinste Max und zwinkerte Markus schelmisch zu. Der nickte begeistert. Sein Schwanz wurde etwas steif bei der Vorstellung in der engen Lederkluft nackt zu sein. Wie sich das wohl anfühlte? Er zog seine Bermudas und seine Unterhose aus. Als Max Markus Latte sah, griff er spontan zu und machte ein paar Wichszüge „Na, da freut sich aber jemand, was?" Markus nickte begeistert.

„Okay, dann einmal hier einsteigen", sagte Max und hielt ihm die runter gekrempelte Lederkombi hin. Markus tat wie geheißen und Max zog den Rest der Kombi hoch. Dann schlüpfte Markus in die Ärmel, schließlich hatte er die Kombi komplett an. Max begann den Hauptreißverschluss zu schließen und sie stellten fest, dass die Kombi wie angegossen saß. Sie saß schön eng und definierte die athletische Figur von Markus, sein kleiner Knackarsch sah in dem leicht glänzenden schwarzen Leder zum Anbeißen aus. „Perfekt", sagte Max und schloss den Klettriemen am Hals. „Jetzt die Stiefel, die Hosenbeine werden reingesteckt." Markus zog sich die engen Stiefel an, die ihm maximale Sicherheit bieten würden.

Als das geschehen war, schaute Max prüfend und ging um Markus herum, der sich im Spiegel betrachtete. Sah verdammt gut aus, so eine Lederkombi, war ihm bisher gar nicht aufgefallen. Auch das Gefühl war geil: Kühles Leder und Innenfutter, obwohl die zahlreichen Protektoren ihn etwas in der Bewegung behinderten, aber das ist eben der Preis der Sicherheit. Max war auch zufrieden, tätschelte kurz Markus ledernen Knackarsch und zog sich schnell seine eigene Kombi an. Auch er verzichtete komplett auf Klamotten drunter und bald war sein muskulöser Torso komplett in Leder gekleidet. Markus Latte schmiegte sich von Innen an das Leder. „So ein endgeiler Stecher", dachte er. Max öffnete eine Schublade und entnahm ihr zwei Paar Lederhandschuhe, beide in schwarz mit Einlagen aus hochabriebfestem Känguruleder und Knöchelschutz aus Carbon.

Er reichte Markus beide Paare und bat ihn diese kurz zu halten. Dann nahm er Markus Helm und tauschte das durchsichtige Visier durch ein schwarz getöntes und sein eigenes durch ein silbern verspiegeltes. „Damit wir in der Sonne nicht blinzeln müssen", erklärte Max. Dann überreichte er Markus den schwarzen Helm und nahm ihm ein

Paar Handschuhe ab. „Dann mal ab in die Garage."

Auf dem Weg dorthin nahm Max noch eine Gürteltasche mit, die er sich umband und in die er sein Handy, Schlüssel, Geld und Papiere einsteckte. Dann nahm er seinen Motorradschlüssel vom Haken, an dem ein Stoffanhänger mit der Aufschrift „Remove before flight" baumelte. Sie fuhren mit dem Aufzug ins Tiefgeschoss und standen wenig später vor der Aprilia. Max erklärte Markus kurz die Grundverhaltensregeln beim Motorrad fahren und was er zu beachten hatte. Er half ihm beim Überziehen des Helmes und dem Anlegen der Handschuhe und zog sich ebenfalls komplett an.

Da standen sie nun, zwei geile Kerle in voller Sportlermontur, fertig zur Attacke. Dann stieg Max auf die Maschine und schob sie in Position, dann klappte er den Seitenständer hoch. Er klopfte mit dem Handschuh an seinen Oberschenkel und reichte Markus die Hand zur Hilfe beim Klettern auf den Soziussitz. Mit klopfendem Herzen stieg Markus auf. Oben angekommen konnte Markus fast über Max drüber schauen, er saß deutlich höher auf dem steil aufsteigenden Heck der Maschine. Max wies ihn an sich an dem Trageriemen seiner Gürteltasche festzuhalten und keine Angst zu haben, egal was passierte. „Vertrau mir, ich weiß was ich tue. Wenn es Dir zu heftig wird, knuff mich in die Seite und ich nehme ein bisschen Tempo raus, okay?" – „O… Okay", erwiderte Markus etwas unsicher was er von so einer Ankündigung halten sollte.

„Wir werden meinen Kumpel etwas außerhalb aufgabeln, er kommt nicht so früh los." Max startete die Maschine, grollend erwachte sie unter ihnen. Sanft fuhren sie los und aus der Tiefgarage in den gleißenden Sonnenschein hinaus. Böse grummelnd fuhren sie mit maßvollem Tempo durch das Wohngebiet, Max hatte seine linke Hand lässig auf seinen Oberschenkel gelegt, während er mit der Rechten das Gas kontrollierte. Markus betrachtete den in gebückter Haltung vor ihm sitzenden Lederkerl, der in seiner coolen Lässigkeit verdammt scharf aussah. Sein Rennpilot, der ihm einen weiteren heißen Ritt bescheren würde! Markus durchwogte eine Welle der Zuneigung und des Stolzes so einen coolen neuen Freund zu haben. Wie ein großer Bruder, den er nie gehabt hatte, nur dass Max ihn zusätzlich auch noch fickte.

Sie ließen den Vorort hinter sich und Max nahm nun wieder beide Hände an den Lenker. Er schob sich noch ein wenig nach vorn. Markus ahnte, dass es jetzt los ging und hielt sich gut fest. Und tatsächlich: Vor ihnen öffnete sich eine lange Gerade einer mit Bäumen gesäumten Landstraße, weit vor ihnen das nächste Auto. Markus presste sich an den Rücken von Max und dieser gab Vollgas: Der Motor brüllte auf, die Maschine stürmte voran und das Vorderrad machte einen kleinen Lupfer, rund 200 PS bei weniger als 200 kg Leergewicht katapultierten die Maschine in wenigen Sekunden auf eine irre Geschwindigkeit, der Fahrtwind lärmte, der Motor unter ihnen brüllte wie ein wildes Tier, die Bäume verwischten zu einem Streifen aus Grüntönen und der entgegenkommende Verkehr zischte vorbei. Als sie dem vor ihm fahrenden Auto näher kamen musste Max stark verzögern, da er nicht sofort überholen konnte.

Markus wurde gegen den Rücken des Fahrers gepresst, seine steife Latte drückte gegen den unteren Rücken von Max. Markus wurde wieder geil, nachdem er zuvor etwas Angst vor der Kraft der Beschleunigung auf dieser Höllenmaschine gekriegt hatte. Langsam gewöhnte er sich aber an die Abläufe und die Kräfte, die an ihm zerrten. Alles wurde etwas natürlicher für ihn. Von allen an ihm zerrenden Kräften fand er die Bremskraft jedoch am besten, wenn er fest auf seinen Fahrer gedrückt wurde. Der Gegenverkehr war vorüber, Max setzte den Blinker, schaltete zurück und gab Gas. Wieder wurden sie von der Beschleunigung nach hinten gezerrt und überholten in einem langen Bogen das Auto. So ging es erst einmal weiter, an ihnen flogen Bäume, Felder, Bauernhöfe, Autos vorbei. Der Himmel war dunkelblau und die Sonne flirrte in der Mittagshitze, doch der Fahrtwind sorgte für sehr angenehme Kühlung.

Nach etwa einer halben Stunde erreichten sie einen kleinen Parkplatz, der durch Bäume von der Landstraße getrennt war. Max schaltete runter, bog ab, ließ die Maschine im Leerlauf ausrollen und hielt schließlich an. Er stellte den Motor ab, klappte das verspiegelte Visier hoch und reichte Markus die Hand zum Absteigen. „Alex ist noch nicht da, du kannst erst mal absteigen. Kleine Pause." – „Cool", meinte Markus, schob sein Visier ebenfalls hoch und kletterte von seinem Hochsitz runter. Der Soziussitz war sehr schmal und kurz, sodass sein kleiner Knackarsch dort gerade so Platz fand, doch bequem war es da oben ganz sicher nicht. Dazu kam, dass man dort wie auf einem Katapult saß, immer mit dem Helm im Fahrtwind und nach vorne geneigt. Er streckte sich etwas und machte ein paar Schritte. Max stieg ebenfalls ab und kippte die Maschine auf den Seitenständer, sie zogen ihre Helme ab und stellten sie auf die Sitzbänke. Markus zog auch seine Handschuhe aus, während Max sich nochmal umsah: Kein anderer da, sie waren allein.

Er ging auf Markus zu und sah die leichte Beule in dessen Schritt. Er nahm ihn in den Arm und fragte: „Wie gefällt Dir das Fahren? Ist es nicht geil die Kraft der Maschine zu spüren? Das Brüllen des Motors zu hören und den kühlen Fahrtwind zu spüren?" – „Ja, das ist cool, aber richtig geil werde ich, wenn du bremst und ich mich an dich schmiegen kann." Max lachte. „Wusste ich es doch, ich habe es Dir ja gesagt und das scheint dich wirklich ziemlich angeturnt zu haben." Er griff mit dem Lederhandschuh an die Beule von Markus und begann sie zu kneten. Markus stöhnte auf und schob sein Becken etwas vor. „Na, das magst du, oder?" – „Jaaa, Max, mach weiter!" Max öffnete den Klettriegel von Markus Kombi und machte ihn ganz auf.

Dann griff er mit seinem Lederhandschuh in die Kombi, holte das steife Glied hervor und zog es über den Reißverschluss raus, sodass der Schwanz und die Eier rausschauten, stramm von der engen Kombi oben gehalten. „Geil", machte Markus nur und Max umschloss den Schwanz mit seinem Racing-Handschuh, außen klebten die Überreste von im Fahrtwind mit seiner Faust kollidierter Insekten, die Innenseite war sauber und das Känguruleder schmiegte sich glatt und weich an den heißen Schwanz von Markus, der nun stöhnte und durch Beckenbewegungen das Rohr durch die Hand von Max hin- und herschob. Max pfiff „Sag mal Kleiner, fickst du etwa gerade meine Hand?" – „Klar, warum nicht? Fühlt sich geil an dein Handschuh." – „Du bist ganz schön rattig, was Kleiner?" – „Ja, ich will auch mal ficken." – „Keine Chance bei mir, Kleiner, aber ich wüsste da vielleicht jemanden…"

Von Fern hörten sie jetzt ein hämmerndes Geräusch, das schnell näher kam. Markus hielt inne und beide schauten Richtung Einfahrt, während Max weiter den Schwanz umklammert hielt. Wenige Augenblicke später näherte sich eine rote Sportmaschine mit einem in eine rote Lederkombi mit weißen Zierelementen gekleideten Fahrer. Er trug dazu passende rote Racing-Lederhandschuhe und ebenso rote SIDI-Lederstiefel mit hohem Schaft, sowie einen schwarzen AGV-Helm mit undurchsichtigem schwarzem Visier. Er hielt auf die beiden zu und brachte seine laut im Leerlauf bollernde Maschine neben ihnen zum Stehen. „Ducati" stand auf dem Tank und an der Verkleidung „1299 Panigale". Der Fahrer wandte den Helm zu Max, dann zu Markus und dann zu der Hand von Max, die nach wie vor Markus Schwanz fest umgriff. Er schüttelte den Kopf und stellte die Maschine ab, öffnete das Visier seines Helms, unter dem nur eine Sturmhaube mit Sehschlitzen sichtbar wurde. „Alter, das geht ja schon wieder gut los mit Dir", sagte der unbekannte Fahrer in gespielter Entrüstung.

Er stieg ab, lüftete seinen Helm, riss seine Sturmhaube herunter, hing beides an den Lenker und trat auf Max zu. Seine Lederkombi knirschte dabei leise, auf ihr prangten ein weißes dreieckiges Logo und der Schriftzug „Dainese". Auch er trug benutzte Knieschleifer. Als Markus das Gesicht sah, lief ein Schauer durch seinen Körper und sein Schwanz zuckte kurz in Max Hand, der das beiläufig registrierte: Der Fahrer hatte ein scharfkantiges Gesicht mit pechschwarzen kurz geschnittenen Haaren und einem Kinnbart, der in einer dünnen Linie an der Kieferlinie entlang zu den Ohren lief und in die Frisur überging. Er hatte noch etwas dunklere Haut als Max und wirkte irgendwie Südländisch auf Markus. „Darf ich vorstellen: Alex, mein bester Kumpel und das hier ist Markus, mein neuester Kumpel", ergriff Max das Wort. Noch immer hielt er ungeniert Markus Schwanz in seinem Handschuh fest umklammert und machte auch jetzt keine Anstalten loszulassen. Mit der anderen Hand schlug er zur Begrüßung in Alex behandschuhte Hand ein, der sich nun Markus zuwandte. „Hi, Markus. Nett, Dich kennen zu lernen. Störe ich euch bei irgendwas?", fragte Alex belustigt. – „Solange es Dich nicht stört, Alex. Kannst ja mitmachen.", grinste Max, während Markus Alex gegenüber nur ein schüchternes ‚Hi‘ zustande gebracht hatte. Er war immer noch viel zu erregt von Alex Anblick, um viele Worte machen zu können und starrte ihn an.

„Alter, können wir das vielleicht auf später verschieben? Nix gegen einen Fick im Wald, aber ich hab mich extra beeilt, damit wir vor der Nachmittagshitze noch auf die Straße kommen und du denkst nur wieder an das eine." – „Okay, okay. Hast ja Recht. Zieh Dich wieder an, Kleiner", grummelte Max, ließ endlich den Schwanz los und Markus schloss seine Kombi wieder. „Aber der

Kleine hier geht echt nicht schlecht ab!", meinte Max und kniff Markus in den Lederarsch, der das genoss und leise stöhnte. – „Da bin ich ja mal gespannt. Hast also endlich mal einen Knackarsch gefunden, der auf den Soziuskiel deiner Maschine passt?" – „Scheint so. Und er ist ein gutes Bremsgewicht", zwinkerte Max. Alex lachte und meinte zu Markus gewandt: „Halt dich gleich gut fest. Wenn Max meine rote Diva davonjagen sieht muss er immer gleich die Verfolgung aufnehmen. Er kann es absolut nicht leiden abgehängt zu werden." Markus schluckte und warf einen flüchtigen Blick auf die beiden Superbikes und die beiden Fahrer in ihrer Racingmontur und den benutzten Knieschleifern. Er bekam Angst gleich mit zwei Wahnsinnigen unterwegs zu sein. „Pff, Alex, was erzählst du wieder für Schauermärchen. Mach Dir keine Sorgen, Markus, ich fahre langsamer, wenn du das Zeichen gibst und wir fahren beide zwar zügig, aber sehr sicher. Vertrau mir, Du bist bei mir in guten Händen." Markus sagte leise „Okay" und schöpfte neuen Mut. Er vertraute seinem Max und irgendwie erregte es ihn auch mit den zwei Jungs auf ihren überlegenen Maschinen unterwegs zu sein.

Die drei hatten sich wieder komplett angezogen und stiegen auf ihre Maschinen. „Hausstrecke über die Hügel?", fragte Alex bei geöffnetem Visier. „Hausstrecke über die Hügel, jap.", bestätigte Max und beide ließen ihre Maschinen an. Max gab Markus einen aufmunternden Klaps auf den Oberschenkel und beiden Maschinen fuhren vom Parkplatz. Sie suchten sich eine Lücke im Verkehr und bogen auf die Landstraße ein. Max fuhr voraus und lief bald auf eine Kolonne von drei Autos, die hinter einem Trecker feststeckten, auf. Nach ein paar Kurven kam wieder eine längere Gerade, die frei war, was Max aufgrund seiner Position aber nicht so gut einschätzen konnte. Deswegen blieb er vorerst dahinter und wartete auf eine bessere Gelegenheit zum Überholen. Markus stellte sich schon auf eine gemütliche Ausfahrt ein, als er hinter sich plötzlich ein aggressives Röhren hörte und wie ein roter Blitz die Alex Duc an ihnen vorbeischoss. Er hatte bessere Sicht gehabt und die gute Gelegenheit gefunden. „Typisch Alex, immer volle Möhre", dachte sich Max kopfschüttelnd, setzte nun auch zum Überholen an und lud durch. Markus musste feststellen, dass Alex Recht gehabt hatte: Max raste hinter der roten Ducati her wie ein Stier hinter dem roten Tuch.

Bald wurden die Geraden seltener und der Verkehr nahm ab, nachdem sie die Bundesstraße verlassen hatten. Stattdessen schlängelte sich die Nebenstraße nun in Serpentinen sanfte Hügel rauf, enge Kurven und weite Kurven wechselten sich ab und beide Fahrer zeigten ihr Können: Auf den Geraden Gas, dann kurz vor der Kurve kräftig verzögert, tief in Schräglage und kurz hinter dem Scheitelpunkt zogen sie die Maschinen mit leichten Gaszug schon wieder aus der Kurve raus. Markus kam sich vor wie auf einer wilden Achterbahnfahrt mit geneigten Links- und Rechtskurven, Anstiegen und Gefällen. Doch er fühlte sich trotzdem in keiner Minute unsicher, sondern jederzeit geborgen hinter dem Rücken seines Ritters. Er genoss das Sausen durch die Kurven, die Geräuschkulisse des großen V2 vor und des kleineren V4 unter ihnen, die sich zu einem infernalischen Konzert vereinigten, das Wechselspiel aus Beschleunigung und Bremsen. Nie hatte er was an Motorrädern gefunden, aber diese Fahrt hier war einfach nur unbeschreiblich, fast wie der erste Sex mit Max es gewesen war.

Auch Max genoss die Fahrt und kriegte einen Steifen während des Fahrens, der sich an den Tank seines Superbikes anschmiegte. Das lag zum einen daran, dass der Kleine hinten mit drauf saß, seine Arme inzwischen fest um seinen Bauch geschlungen hatte und seine Beule spürbar von hinten drückte. Zum anderen war er sowieso meist erregt, wenn er mit seinem besten Kumpel Alex ihre Hausstrecke unsicher machte. Ja, das war für ihn fast so gut wie Sex und das einzige, was er genauso gerne machte. Er hatte Alex vor Jahren, als sie beide gerade 18 geworden waren, beim Biken kennen gelernt, als dieser ihn frech grüßend in einer Kurve außen überholt hatte und er die Verfolgung aufnahm.

Damals noch auf gedrosselten 48-PS-Maschinen. So fuhren sie an dem Tag zusammen und hatten danach auf der Toilette eines Ausflugslokals dann zum ersten Mal Sex miteinander gehabt. Beide hatten sie damals Gewissheit über ihre Sexualität erhalten. Alex war auch rein schwul und hatte trotz seines auf Frauen sehr anziehenden Äußeren kein Interesse an Sex mit diesen. Ähnlich wie Max hatte er viele wechselnde Sexpartner, im Gegensatz zu Max ließ er sich aber auch gerne mal bedienen. Das häufigste Szenario mit den beiden war, dass sie beide früher oder später geil aufeinander wurden und sie nicht genug Willenskraft aufbrachten bis zu Hause zu warten, sondern an Ort und Stelle loslegten. Das hatte dann häufig zu der Situation geführt, dass Dritte unfreiwillig dazu stießen und kurze Zeit später eine Orgie daraus entstand. Max und Alex liebten Dreier und alles was darüber hinausging, bei denen sie beide gemeinsam das Kommando übernahmen.

Nach zwei Stunden wilder Kurvenjagd kamen sie an einen Bikertreff mit einem großen Kiesparkplatz, auf dem zahlreiche Motorräder unterschiedlichster Art geparkt waren. Ein großes Holzhaus mit zwei Etagen bildete auf einer Lichtung in einem kleinen Mischwald stehend den Anlaufpunkt für hungrige und durstige Biker aus der Umgebung. Hier konnte über Technik, Rennergebnisse und alles Mögliche andere gefachsimpelt werden. Doch das war nicht der primäre Grund, warum Alex und Max dieses Lokal ansteuerten. Natürlich waren sie auch hungrig geworden und Trinken war sehr wichtig bei dieser Hitze. Doch die Bikertreffs waren auch immer eine ideale Gelegenheit, um mit einem anderen Biker etwas Spaß zu haben. Sie fuhren auf den Parkplatz ein und ernteten viele Blicke, diese beiden Maschinen kriegte man nicht häufig zu sehen und ihre Soundkulisse rief immer ein breites Publikum auf den Plan.

Sie parkten im Schatten und stiegen von den Maschinen ab. Markus schaute ungläubig auf die Vielzahl von Motorrädern. „Komm Kleiner, da gibt es nichts Interessantes zu sehen. Alex und ich haben sowieso die beiden geilsten Kisten hier am Start", meinte Max überheblich grinsend und schlug seinem besten Kumpel auf die Schulter. Alex lachte und zu Dritt gingen sie Richtung Gasthaus. Helm und Handschuhe würden ihnen hier keiner klauen, daher hatten sie diese bei den Maschinen gelassen.

Sie bestellten sich etwas zu Essen und zu Trinken, setzten sich draußen auf der Terrasse in den Schatten und ließen es sich schmecken. Max bestand darauf, dass Markus sein Gast sei und bezahlte für alles. Sie saßen etwas abseits von den anderen und konnten so offen reden, ohne böse Blicke zu ernten. Das allgemeine Stimmengewirr tat sein Übriges. „Und? Erzählt mal, ihr habt es letzte Nacht doch sicher getrieben wie die Karnickel, oder?", fragte Alex. Markus wurde leicht rot und Max grinste sich einen. Er erzählte von Markus erstem Mal und lobte ihn als sehr ausdauernden Fickpartner. Markus war das irgendwie etwas peinlich vor einem ihm noch so unbekannten über so Intimes zu reden. Alex, der das bemerkte meinte: „Hey, Markus, dafür musst Du dich nicht schämen. Max täte das auch nicht.

Wir kennen uns schon verdammt lange und teilen alles miteinander, jedes kleinste schmutzige Geheimnis. Betrachte mich einfach auch als einen weiteren Freund, okay?" Markus schmolz dahin, der süße Typ würde auch sein Freund sein! Wo war er hier nur gelandet? Lauter geile Typen und alle waren miteinander befreundet und vögelten wo, wann und mit wem sie Lust hatten? Oh, man war das unheimlich! Er nickte und Alex hielt ihm die Hand hin, in die Markus einschlug. „Klasse, ihr zwei. Dann wäre das ja geklärt.", freute sich Max und sie stießen zusammen an.

Inzwischen waren zwei jungen Typen angekommen, die leichte Moto Cross Maschinen fuhren und in ihren typischen knallbunten Outfits, Moto-Cross-Helmen mit getönten Ski-Brillen und der obligatorischen Actioncam sofort auffielen. In jugendlichem Leichtsinn hatten sie eben auf der Straße ein paar Wheelies aufgeführt und waren dann auf die Wiese nahe der Terrasse gefahren. Sie stiegen ab und als sie ihre Helme abgenommen hatten sah man, dass es sich schon um Burschen um die 20 handeln musste. Aber sie schienen immer noch genug Flausen im Kopf zu haben und alles etwas lockerer zu nehmen. Sie setzten sich in die Nähe von Alex, Max und Markus. Alex und Max tauschten kurz Blicke, Markus bemerkte davon nichts, sondern sah sich die ungewöhnlichen Outfits der beiden Jungs an.

Sie waren von Schlammspritzern übersät, wahrscheinlich waren sie kurz vorher noch irgendwo im Schlamm entlanggefahren. Markus stand auf, um auf die Toilette zu gehen. Wenig später ging auch einer der beiden Crosser in das Gebäude. Alex und Max unterhielten sich noch ein bisschen über ihre Kurventechnik und wunderten sich, dass Markus nicht zurückkam.

Max schaute auf sein Handy: Schon 15 Minuten, wo blieb der Kleine!? Max und Alex standen auf und gingen Richtung Toilette, um nachzuschauen. Als sie die Tür zur Toilette öffneten sahen sie nur zwei ältere Herren am Waschbecken, ansonsten war niemand dort, keine Spur von Markus. Wo steckte er nur!? Max fluchte und verließ mit Alex die Toiletten wieder. Max stapfte schon Richtung Ausgang, aber Alex hielt ihn zurück und deutete auf die kleine Treppe, die nach oben führte.

Alex stieg hinauf und Max folgte ihm. Oben war ein weiterer Gästeraum mit Tischen und Stühlen, die aber derzeit nicht benutzt wurden und mit Decken abgehängt waren. Im Sommer war es hier oben zu heiß und dieser Platz wurde erst wieder im Herbst gebraucht. Auch hier noch keine Spur von Markus. Doch dann hörten sie leise ein Stöhnen und flüsternde Stimmen. Rechts führte eine angelehnte Tür in einen weiteren Raum. Als sie die Tür vorsichtig öffneten fiel beiden die Kinnlade runter, als sie sahen, was dort vor sich ging…

Kapitel 5
Die Orgie unterm Dach

Sie sahen Markus mit dem einen Cross-Fahrer, der sein buntes Oberteil ausgezogen hatte, jetzt nur noch seinen Schutzpanzer anhatte, vor Markus kniete und diesem schmatzend den Schwanz lutschte. Markus stand vor seinem Bläser und ließ den oberen Teil der Kombi runter hängen, sodass er sich mit entblößtem Oberkörper verwöhnen ließ. Er zwirbelte sich die Brustwarzen und stöhnte lustvoll, beide hatten Alex und Max Anwesenheit noch nicht bemerkt. „Ganz schön forsch, der Kleine. Das gefällt mir.", dachte sich Max und lächelte. Er griff sich an sein Paket und begann es zu kneten. Auch Alex spürte Enge in seiner roten Sportkombi und bearbeitete seinen Schwanz durch das Leder.

Sie schlossen die Tür wieder, die dabei ein kleines Geräusch machte, das Markus und seinen Bläser erschrocken aufschauen ließ. „Na, ihr zwei? Macht ruhig weiter, lasst euch durch uns nicht stören.", sagte Max und zog sich den Reißverschluss seiner Kombi komplett auf, sodass unten sein fetter Schwanz rausploppte. Er krempelte die Kombi nach unten und verknotete die beiden Ärmel miteinander, sodass sein Oberkörper bis zu seinem Schwanz frei war. Alex tat es ihm nach. Er hatte eine ähnliche Statur wie Max, war auch ein Bodybuilder-Typ mit kräftigen Muskelpaketen und einem großen Sixpack, nur seine Haut war wie gesagt noch etwas dunkler als die von Max. Außerdem hatte er leichte dunkle Brustbehaarung und ein Glückspfad aus schwarzen Haaren lief von der

Brust durch die Mitte seines Sixpacks bis zu seiner dichten Schambehaarung, die aber trotzdem gut gepflegt war. Auch seine Unterarme waren mit dunkler Behaarung bedeckt. Die Körper von Max und Alex glänzten vor Schweiß.

Der Crosser machte große Augen, als er die beiden Prachtkörper vor sich stehen sah. Markus, der den Blick schon eher gewohnt war, schaute sich Alex intensiver an, drehte sich dann aber zu dem Crosser um. „Habe ich aufhören gesagt? Los, blas weiter!" – „Oho, was sind das denn für Töne", gluckste Max und Alex lachte auf. „Tja, das sieht so aus, als ob unser Kleiner Dich ganz schön unter Kontrolle hat", feixte Max und sah den Crosser an. Der gab sich ganz devot, sagte nichts und fuhr mit dem Lutschen von Markus Schwanz fort. Max wurde heiß auf Markus, er mochte die neue, ihm bisher unbekannte dominante Seite an ihm. Scheinbar hatte seine Rattigkeit nun ihr Ventil gefunden. Wenn er ihn (Max) nicht kriegen konnte, suchte er sich eben einen Typen, mit dem er es auch aktiv treiben konnte. „Das ist Tobi", meinte Markus und zeigte auf den Crosser. „Hi, Tobi. Ich heiße Max, das ist Alex. Wir sind Freunde von Markus." Tobi winkte mit einer Hand, hörte aber nicht auf in kräftigen Zügen an Markus Schwanz zu lutschen. Sabber lief ihm dabei aus den Mundwinkeln und es schmatzte bei jedem Zug.

Max wandte sich Alex zu und sie knutschten ein bisschen rum. Dabei fassten sie sich gegenseitig an ihre erigierten Schwänze und rieben sie. „Mhmmm, Alter, das ist geil", hauchte Alex und Max führte ihn zu einem Tisch, der in der Ecke stand. Er legte sich mit dem Rücken auf den Tisch, den Oberkörper bis zu seinem Gemächt freigelegt, darunter steckte er noch in seiner Lederkombi mit den Stiefeln. Genüsslich wichste er sich seine Latte steif, die wie ein Stab nach oben ragte. Vorsaft bildete sich langsam und floss die Eichel runter, den Max als Gleitmittel für seine Wichserei nahm. Max nahm ein 5er-Packung Kondome aus seiner Gürteltasche und legte sie neben sich auf den Tisch.

„Komm, Alex, du weißt doch wie es läuft!" Alex nickte und entpackte eines der Kondome, stülpte es mit geübten Griffen auf Max Prachtlatte, der dabei zufrieden grunzte und die Arme hinter seinem Kopf verschränkte, während er Alex beobachtete. Dieser rotzte mehrmals in seine Hand und schmierte die Rotze auf die eingepackte Latte. „Sollte so gehen", grinste Alex und stieg auf einen Stuhl, um dann auf den Tisch über Max zu steigen. Seine rote Kombi hing bis auf seine Stiefel runter, sein Arsch lag frei, den er nun langsam der Latte näher brachte, indem er in die Hocke ging. Max lag genau zwischen seinen Beinen mit der Latte. Er nahm seine Hände und stützte mit seinen starken Armen die kräftigen Schenkel von Alex ab.

Der verharrte in der Position. „Ready, mein Freund?", fragte Max. Alex nickte und stöhnte „Fick mich endlich!" Ohne weitere Vorwarnung stieß Max zu, indem er mit Kraft sein Becken hochhob und mit dem Schwanz in den Muskelarsch von Alex eindrang. Der jaulte auf vor Lust. Sie verharrten kurz und dann begann Max einen wilden Fick, bei dem Alex in seiner Position still blieb und Max hemmungslos in seinen besten Kumpel von unten hochbockte und seinen Kolben immer und immer wieder in das Loch trieb. Mit seinen Händen streichelte er die Unterseite von Alex Oberschenkeln und produzierte bei ihm zusätzliche Lustgefühle. Beide stöhnten um die Wette. Alex ritt mit dem Rücken zu Max gewandt, der prächtige Rücken versperrte Max die Sicht auf die anderen beiden.

Markus und Tobi schauten mit offenem Mund und aufgegeilten Blicken auf die beiden Bodybuilder, die sich hemmungslos auf dem Tisch vergnügten. Die Wucht von Max Fickstößen übertrug sich auf Alex, dessen Latte zitterte. Diese wichste er sich mit seiner rechten Hand, während er von seinem Kumpel heftig durch genagelt wurde. Beide fingen noch stärker an zu schwitzen und ein herber Duft breitete sich im Raum aus. Tobi kam Alex fasziniert näher und schaute ihm beim Wichsen zu, Markus ging zu Max herum und sah seinem Hengst beim Ficken zu. Der drehte den Kopf zu ihm: „Na, Kleiner? Das kommt Dir noch bekannt vor, oder?" Er zwinkerte ihm zu und sagte dann „Schnapp Dir Tobi, der sieht doch süß aus."

Markus nickte, griff sich vom Tisch ein Kondom und ging wieder zurück. Tobi blies inzwischen Alex Latte mit der gleichen Gründlichkeit wie zuvor schon. Unten trug er nur eine leichte Stoffhose. Beim Blasen stand er vor Alex, der vor Geilheit grunzte und sabberte, sich völlig gehen ließ, während er von hinten genagelt und von vorne gelutscht wurde. Markus stellte sich hinter Tobi und schaute Alex an, der über Tobis Kopf mit der Faust ein paar Mal auf seine Handfläche schlug und Markus dreckig grinsend zunickte. Markus verstand und riss Tobi von hinten ruckartig die Hose runter. Der wollte sich umdrehen, doch Alex hielt mit seinen starken Händen den Kopf seines Bläsers in Position, sodass er gefangen war. Eilig streifte sich Markus das Kondom über seine vortriefende Latte und näherte sich dem Knackarsch von Tobi.

Er atmete tief durch, um seine Aufregung in den Griff zu kriegen. Dann setzte er an und schob seine Eichel in das Poloch. Nicht so eng, wie Markus gedacht hatte, aber es war ein irres Gefühl, wie der warme Kanal seinen Schwanz umgab. Tobi schien sich damit abgefunden zu haben und machte keine weiteren Anstalten sich zu wehren. Mühelos glitt Markus weiter rein und steckte schließlich bis zum Anschlag drin in dem Arsch des süßen Crossers mit den dunkelbraunen Haaren. Er begann zu ficken, erst langsam, dann steigerte er das Tempo, kam aber bei weitem nicht an Max Tempo heran, der gerade seinen Höhepunkt erreichte. Brüllend wie ein Stier knallte er ein letztes Mal vom unten in den Arsch von Alex und zog dann seinen feuchten Schwanz ganz raus. Er schwang sich vom Tisch, zog das Kondom ab, wichste sich kurz noch, dann explodierte er und richtete dabei seinen Schwanz auf die drei anderen. In fetten Batzen spritze er sie mit seiner heißen Ficksahne voll, Alex bekam die Hauptladungen ab, Markus und Tobi die Spritzer der kleineren Ladungen danach. Max stöhnte bei jedem Schub und wichste sich weiter, während er entlud. Markus wurde noch einmal extra steif durch diese Vorstellung und pflügte weiter durch Tobias' Röhre.

Max dachte schon wieder weiter. Nachdem er sich entleert hatte stand er schwitzend neben den drei anderen und wurde bei dem Anblick des fickenden Markus wieder steif. Er schnappte sich ein weiteres Kondom und nahm nun Markus ins Visier. Er stellte sich hinter ihn und warte mit seiner Latte, bis dessen Arsch beim nächsten Rückwärtszug nach hinten kam und an die Eichel stieß. Als das geschah stöhnte Markus auf und unterbrach seine Fickbewegungen, blieb mit seinem Schwanz aber in Tobis Arsch stecken. Max packte seine Schultern und flüsterte ihm ins Ohr: „Jetzt gebe ich den Takt wieder vor, Zeit für ein Sandwich, Kleiner". Mit diesen Worten stieß er seine Latte in Markus Loch, der leicht wimmerte, sich aber schnell an den fetten Schwanz seines Zuchtbullen gewöhnte. Oh, wie hatte er dieses Gefühl vermisst seit letzter Nacht! Endlich wieder geil gefickt werden! Ich liebe Dich, Max!

Max fickte los, umschlang dabei Markus mit seinen mächtigen Armen, der den Fickrhythmus auf Tobi übertrug. Alex saß mittlerweile auf dem Tisch und ließ sich nach wie vor die Latte von Tobi verwöhnen. Mit seinen Händen hielt er Tobis Kopf im Schraubstock und fickte nun selbst in die Maulfotze hinein.

„Was geht denn hier ab!? Tobi!" – Alle drehten sich zur Tür, wo der andere Crosser noch in seiner Montur stand und ungläubig auf die Szenerie blickte. Alex entließ seinen Schwanz aus Tobis Maul und stand von dem Tisch auf. „Sascha, es tut mir leid!" – Alex baute sich mit wippender Latte und freiem Oberkörper vor Sascha auf „Tja, schätze das hat sich hier spontan ergeben. Wenn Du damit ein Problem hast kannst Du dich jetzt verpissen, sonst kannst du auch gerne mitmachen. Deine Entscheidung!" Sascha schluckte schwer. Das war ja eine freche Ansage von dem Kerl! Was erlaubte der sich eigentlich? Ließ sich von seinem Freund Tobi den Schwanz lutschen, während er von den beiden anderen Typen durch die Hecke gezogen wurde und dann sowas!? Er wollte zu einer Erwiderung ansetzen, sah dann aber wen er vor sich hatte. Mit so einem Muskelpaket wollte er sich nicht auf eine Diskussion einlassen. Mit Tränen in den Augen rannte er raus und schmiss die Tür zu, man hörte noch wie er die Treppe runter polterte. „Sascha!", rief Tobi noch, aber der war schon außer Hörweite.

„Dann eben nicht, selbst schuld", zuckte Alex mit den Schultern und drehte sich wieder um. Er griff seinen Schwanz und wichste sich einen, während er Max, Markus und Tobi bei ihrem Dreier beobachtete. Max hing halb auf Markus und umklammerte ihn regelrecht, als wollte er mit ihm verschmelzen. Sie hatten ihren Rhythmus gefunden und stießen synchron in Tobis Arsch, Max Schwanz steckte nun dauernd in Markus Röhre drin. Markus fühlte das pulsierende heiße Ding in sich und kam seinem Höhepunkt immer näher. Er genoss die Macht, die er über Tobi hatte, zusammen mit seinem Max war er übermächtig und kontrollierte diese Fotze nach Belieben.

„Komm, Markus, fester. Zeig's ihm, mach ihn fertig! Schneller und tiefer, lass alles raus!", feuerte Max seinen kleinen Schüler an. Markus freute sich über den Zuspruch und gab sein Bestes. Seine Eier klatschten nun gegen Tobias' Arsch und er spürte seinen Saft aufsteigen. Er jaulte auf, als er sich mit Wucht in sein Kondom entlud. Dabei stimulierte er Tobi so sehr, dass dieser auch kam und ohne sich zu berühren vor sich auf den Tisch spritzte. Auch Max rotzte nochmal ab, als er durch die Kontraktion in Markus Arsch gemolken wurde. Max bedeckte den schweißüberströmten Körper von Markus mit Küssen, drehte dann dessen Kopf zur Seite und schmatzte ihm auf den Schmollmund. Er steckte immer noch in Markus Arsch mit seinem vollgesamten Kondom. Jetzt röhrte auch Alex und entlud Batzen um Batzen auf Tobi, der im Nu komplett eingesaut war. Der ging nach vorne weg und entzog sich damit Markus Schwanz.

Alex ging auf ihn zu und strich ihm zärtlich durch das spermaverschmierte Gesicht und die Haare, küsste ihn und sagte „Hast gut durchgehalten. Aber jetzt solltest du dich vielleicht um Sascha kümmern." Tobi nickte und zog hastig seine Klamotten an, wischte sich notdürftig das Sperma weg und wollte schon gehen. Alex hielt ihn zurück und steckte ihm einen Zettel mit einer Handynummer zu. „Falls Du oder ihr einen guten Ritt sucht, ruft mich an." Tobi nickte noch einmal und verschwand.

Max zog seinen inzwischen schlaffen Schwanz aus Markus und streifte sich das eingesaute Kondom ab. Er küsste Markus und knallte ihm dann mit beiden Händen auf die Arschbacken. „Geiler Arsch", meinte Max und zog sich wieder die Kombi hoch, die übrigen Kondome steckte er ein und band sich die Gürteltasche wieder um. Auch die anderen begannen sich wieder anzuziehen. Nach 5 Minuten verließen sie den Raum, nur die trocknenden Spritzer von Sperma auf dem Boden zeugten von ihrer geilen Orgie. „Da oben müsste mal jemand sauber machen", grinste Max zu den beiden anderen, als sie die Treppe runter stiegen. Markus und Alex lachten. An ihrem Tisch angekommen war von den beiden Crossern nichts mehr zu sehen, hatten sich wahrscheinlich schon verkrümelt.

Die drei machten sich auch auf den Heimweg und Markus schmiegte sich wieder eng an den Rücken von Max an. Seine Zuneigung zu Max war heute nochmal gestiegen und er war stolz auf sich, endlich auch mal selbst gefickt zu haben. Beim Gedanken an die Sandwichnummer wurde er wieder steif und drückte gegen Max Unterleib. Der bemerkte das beim Fahren und tätschelte mit seiner behandschuhten Hand den Oberschenkel von Markus. An einer Ampel standen Max und Alex nebeneinander und verabschiedeten sich per Handschlag, die wummernden Maschinen zwischen ihren Beinen. Alex wandte sich mit offenem Visier an Markus: „Max hat nicht übertrieben, Du bist echt nen süßer Kerl. Hoffentlich sehen wir uns bald mal wieder." Alex fasste sich kurz an seinen in rotes Leder gekleideten Schritt. „Bestimmt, Alex, ich freue mich schon drauf.", erwiderte Markus. Die Ampel schaltete auf Grün und die beiden Motorräder nahmen unterschiedliche Wege.

In der Tiefgarage angekommen half Max Markus wieder beim Absteigen und sie fuhren hoch in die Wohnung. Sie zogen sich um, küssten sich nochmal intensiv und Markus bedankte sich bei Max für den geilen Tag. Markus packte seine Sachen, um abends wieder rechtzeitig zu Hause zu sein. „Ich würde gerne noch bleiben, aber meine Eltern kommen heute zurück." – „Kein Ding, Kleiner. Wir sehen uns demnächst wieder, spätestens im Studio." Markus nickte und fiel Max zum Abschied um den Hals. „Ich liebe Dich, Max." – „Ich liebe Dich auch, Kleiner." Sie lösten sich wieder und Markus radelte nach Hause. Max lag in seinem Bett und keulte sich noch einen in Gedanken an seinen kleinen Markus.

Kapitel 6
Totale Entspannung

Es war die Woche nach dem sexintensiven Wochenende mit Markus und Max versah wieder seinen Dienst im Fitnessclub. Der Montag verging recht ereignislos, von Markus bekam er abends noch ein paar verliebte Nachrichten via Messenger, doch der konnte ihn wegen seiner Eltern nicht besuchen und Max war zu müde, um bis tief in die Nacht Nachrichten zu schreiben.

Dienstagabend um 19:00 Uhr leitete Markus immer den Power Workout im Fitnessclub. Ein Kurs, in dem er sich an den schwitzenden Muskeltypen aufgeilen konnte und in der Vergangenheit öfter auch mal den einen oder anderen Teilnehmer nachher etwas intensiver rangenommen hatte. Der Kurs war als fortgeschritten ausgeschrieben, sodass sich dort keine schwabbeligen Typen mit dem Ziel durch Muskelaufbau Fett zu verlieren verirren konnten. In diesem Kurs waren daher ausschließlich Bodybuilder anzutreffen. Der Kurs dauerte 2 Stunden und fand in einem der Kursräume in der Nähe des Wellnessbereichs statt.

Seit einigen Monaten war Murat Stammgast in dem Kurs, ein imposanter Bodybuilder Anfang 30 mit arabischem Aussehen und libanesischer Abstammung. Er war gut vernetzt in der örtlichen Clubszene und Cheftürsteher an einem der angesagtesten Clubs der Stadt. Gemeinsam mit seinen Jungs sorgte er dort für Ruhe und Ordnung. Der Kerl flößte selbst Max Respekt ein: Seine Muskelpakete übertrafen die von Max deutlich, er überragte ihn mit seinen 1,95m, seine Brustmuskeln sprengten jedes T-Shirt und sein Bauch formte ein unglaubliches 8-Pack. Seine Haut war schön dunkelbraun und abgesehen von der Brust, dem Rücken, dem Bauch und den Oberarmen mit dichter schwarzer Behaarung bedeckt. Auf seinen mächtigen Oberarmen war er tätowiert und auf seiner Brust stand INVINCIBLE in verzierten Buchstaben. Er hatte einen dichten schwarzen Vollbart, der in 3mm kurz rasierte Seiten überging. Auf dem Kopf hatte er etwas längeres Haar, das er mit Wetgel in Form legte, sodass es immer pechschwarz glänzte. Er hatte eine wahnsinnige Präsenz und war der unbestrittene King in jedem Trainingsraum. Niemand wagte es ihn bei seinen Workouts zu stören und die anderen Bodybuilder hielten respektvoll Abstand zu ihm.

Doch das war schade, denn Max wusste, dass hinter dem harten Äußeren ein liebevoller und leidenschaftlicher Ficker steckte, der es sich sowohl aktiv als auch passiv besorgte. Er war Max in vielem ähnlich, auch er liebte Muskeln an seinen Sexpartnern und war es gewohnt sich zu nehmen was er wollte. Seitdem er Max eines Abends im Umkleideraum eingehend nackt studiert hatte, waren sie ins Gespräch gekommen und nach ein paar eindeutigen Zeichen war Max klar, dass Murat schwul war. Sie waren übereinander hergefallen, hatten sich die Schwänze gelutscht und schließlich hatte sich der Muskelgott Murat von Max auf der Umkleidebank vögeln lassen, nach allen Regeln der Kunst. Seitdem fickten sie regelmäßig im Club, meist nach dem Kurs. Murat respektierte zwar Max Prinzip sich nicht ficken zu lassen, doch er war natürlich viel lieber aktiv. Und so hatten sie beide auch schon öfters andere Muskeltypen im Dreier fertig gemacht, sie in jeder denkbaren Sandwichposition durchgevögelt und sich dabei aneinander aufgegeilt. Max und Murat verstanden sich als Brüder im Geiste, als muskelgeile Fickbullen, die regelmäßig ihrem Trieb nachgeben müssen.

Der Kurs war vorüber. Als der Raum sich geleert hatte, kam Murat zu Max und schlang seine mächtigen Arme um Max Schultern. Er rückte mit der Nase an die Brust von Max und schnüffelte. „Max, Du riechst so, als könntest du ne Dusche vertragen. Wollen wir danach noch in den Whirlpool gehen?", fragte er mit seiner tiefen männlichen Stimme. Max nickte und sie küssten sich kurz. Dann gingen sie gemeinsam Duschen, wo sie beim Anblick des jeweils anderen schon richtig scharf aufeinander wurden.

Sie schafften es nicht schon im Duschraum übereinander herzufallen und gingen zum Whirlpool im Schwimmbereich. In dem Pool schwammen ein paar Clubmitglieder, wie immer zogen Murat und er Blicke auf sich, als sie nur mit Handtüchern bekleidet am Pool vorbei in das Séparée mit dem Whirlpools gingen.

Sie legten die Handtücher ab und nackt wie sie waren stiegen sie in den Whirlpool. Max sorgte für leicht sprudelndes Wasser und wandte sich dann Murat zu. Er küsste seinen Hals und knabberte an seinen Ohren. Mit den Händen massierte er seine mächtige Brust und strich über das hammerharte 8-Pack. Murat stöhnte und schmiegte sich an Max, dessen Muskelpakete er nun auch liebevoll betastete und küsste. Zwei mächtige Bodybuilder knutschten im Whirlpool, voll von Zärtlichkeit und liebevoller Hingabe. So zärtlich, wie man es von den zwei Hengsten nicht erwarten würde.

Beide tauchten die Hände in das heiße sprudelnde Wasser und ergriffen den steifen Schwanz des jeweils anderen. Sie stöhnten und rieben ihre Schwänze unter Wasser aneinander, die an Größe und Härte zulegten. Schmatzend küssten sie sich ausgiebig und tauschten Speichel aus. Max öffnete den Mund und Murat spuckte ihm in die Fresse, sofort drang Murat mit seiner Zunge in die Mundhöhle ein und kostete seine Rotze aus Max Maul. Das Schauspiel wiederholte sich, während sie sich gegenseitig weiter ihre fetten Latten rieben.

Murat hatte einen riesigen Hammer, dick und lang mit einer fetten Eichel. Für Murat waren alle Löcher jungfräulich, selbst die aktivsten Stuten waren auf sein Monster nicht vorbereitet. Und so war es anfangs immer eine ziemliche Tortur für Murats Opfer, aber sobald sie sich an Murats Schwanz gewöhnt hatten, waren sie für andere verdorben und ließen sich von ihm nur zu gerne in Ekstase vögeln.

Murat liebte es bei seinen Sexpartnern seinen leichten Hang zum Sadismus auszuleben und genoss den Schmerz, den er ihnen anfangs zufügte und die Macht, die er sogar über andere Bodybuilder dadurch bekam. Homo oder hetero war ihm sowas von schnuppe, er knallte jeden geilen Typen, den er in seine Finger bekam. Jeden, außer Max, den er wie einen Bruder ansah und zu dem er eine intensive Freundschaft aufgebaut hatte, von dem er sich wie gesagt gelegentlich sogar ficken ließ.

Sie intensivierten die Wichsbewegungen an ihren Schwänzen, noch immer waren sie völlig ungestört in der Whirlpoolecke. Wenig später kamen sie gleichzeitig und spritzten ihre Ladungen in das heiße Sprudelwasser, wo die Schleimbatzen sich zäh im Wasser verteilten. Murat stöhnte in Max Ohr. „Alter, ist das geil. Mit dir zu wichsen ist fast so gut wie zu ficken! Lass uns richtig ficken, ich bin scharf auf dein Ding." – „Gerne", erwiderte Max und sie schwangen sich nackt aus dem Whirlpool. Sie trockneten sich ab und gingen mit immer noch leicht steifen wippenden Latten in einen der Massageräume.

Milchglas gewährte ihnen Privatsphäre und die abschließbare Tür Ungestörtheit. Murat legte sich mit dem Bauch auf die Massageliege und rieb sich lüstern seinen Schwanz an dem weichen Bezug der Liege. Max entfernte einen Einsatz in der Liege und Murats Hammer schaute steif unten raus. Max ging auf die Knie und steckte seinen Kopf unter die Liege. Er nahm Murats Schwanz in den Mund und fing an ihn zu blasen. Er lutschte um die pralle Eichel und saugte sich das Teil der Länge nach in den Rachen. Murat stöhnte auf und warf seinen Kopf auf der Liege herum. Durch die Liege war es ihm unmöglich mit Fickbewegungen die Initiative zu übernehmen, deswegen blieb er passiv und genoss die warme, feuchte Mundfotze, die seinen sofort wieder steinharten Ficker verwöhnte. „Ohh, Max, wie geil du lutschen kannst. Hör nicht auf damit, nimm meinen Hengstschwanz und verwöhn ihn kräftig!" Max konnte nichts sagen, da der Schwanz seine ganze Mundhöhle ausfüllte. Der Schwanz schmeckte hammergeil und die Vorstellung diesen Wahnsinns-Bodybuilder gleich durch zunageln hatte seinen Schwanz ebenfalls wieder voll hart werden lassen, Vorsaft floss bereits aus seinem Pissschlitz.

Mit einem Schmatzen entließ er den ordentlich eingespeichelten Megahammer aus seinem Maul und richtete sich wieder auf. Von einem Regal nahm er eine Flasche mit Massageöl und träufelte reichlich davon auf den mächtigen Rücken von Murat, der bei dem Hautkontakt mit der angenehm kühlen Flüssigkeit aufstöhnte. Er massierte den wohlig grunzenden Murat nach allen Regeln der Kunst und bald begann der ganze Körper vor ihm im gedimmten Licht zu glänzen, die Haut wurde noch weicher und jedes Muskelpaket sah noch verführerischer aus. Dann nahm Max eine Extraportion von dem Öl und verrieb es in seinen Händen. Er strich durch Murats Arschspalte und drang dann mit eingeöltem Finger in seine Fotze ein. Murat stöhnte laut und schob seinen Arsch etwas höher, dem Finger entgegen. Max grinste zufrieden und nahm einen zweiten Finger hinzu. Er umkreiste das Loch und drang immer wieder ein, ölte den Kanal von innen schön dick ein, massierte die Prostata des Muskelhengstes, dessen Latte vor Geilheit triefte.

Max legte das Kondom an, das er sich vorher zusammen mit dem Öl aus einer Schublade geholt hatte und goss davon nochmal etwas auf seinen Schwanz. Er verteilte es und positionierte seine triefende Latte vor Murats Loch. Mit einem kräftigen Stoß und ohne weitere Vorwarnung jagte er seinen Hammer in den Lustkanal des mächtigen Murat und während der vor Geilheit aufstöhnte rammelte Max ihn ordentlich durch. Murat fluchte und stöhnte vor Geilheit, bedeckte Max mit Obszönitäten und forderte Max auf ihn noch härter und schneller zu stoßen. Der hielt sich an den Beinen von Murat fest und hämmerte wie ein Wahnsinniger in den geilen Muskelarsch. Sie stöhnten um die Wette und in dem kleinen Raum breitete sich ein Geruch von Schweiß und geilem Sex aus. Schon nach 10 Minuten furiosem Ficken schwitzten sie ordentlich, Max legte sich nun auf den Rücken von Murat, hob seinen Arsch immer rauf und runter um seinen Ficker fast senkrecht mit Wucht wieder und wieder in den Arsch zu treiben. Sie genossen die warme Haut des jeweils anderen und schmiegten ihre gestählten Körper aneinander.

Nach weiteren 15 Minuten hemmungslosem Sex kam es Max: Er schoss seine Ladungen in das Kondom und brach auf dem Rücken von Murat zusammen. Er umarmte seinen geilen Kumpel und küsste dessen Nacken, während sein allmählich schlaffer werdender Schwanz noch in seinem Arsch steckte. „Mann, ich liebe deinen megageilen Hengstkörper", hauchte Max. Murat drehte grinsend den Kopf zur Seite und sie küssten sich schmatzend. Max glitt aus dem Arsch und streifte sich das gut gefüllte Kondom ab. Er trank seine heiße Wichse während Murat sich aufsetzte und ihn herlockte. Er küsste Max auf den Mund und sie begannen einen wilden Zungenkuss, bei dem Murat das Sperma aus der Mundhöhle schleckte und genüsslich runterschluckte. Max ergriff währenddessen Murats Latte und begann ihn zu wichsen bis der mit lautem Gebrüll kam. Das Sperma klatschte auf Max Bauch und Brust, Murat nahm seine Finger und gab Max sein Sperma zum Kosten. „Mmh, hammergeil", stöhnte Max, sie küssten sich wieder, rieben wollüstig ihre Prachtkörper aneinander.

Sie verließen den Raum mit ihren Handtüchern und gingen zu den Duschen. Max war etwas eher fertig als Murat, der noch etwas länger das heiße Wasser genoss. Max trocknete sich ab und ging in die Umkleide, direkt zu seinem Spind. Er zog sich eng anliegende Retroshorts an und ging Richtung Toiletten, die in einem Nebenraum lagen. Als er um die Ecke bog, um den Waschraum zu betreten, blieb er stehen und wurde von dem sich bietenden Anblick direkt wieder steif…

Kapitel 7
Dreierpack

Vor einem der Waschbecken stand ein süßer Twink, nur mit einem hellblauen PUMP!-Jockstrap mit neongelben Zierelementen bekleidet und richtete seine Handykamera gerade in den Spiegel, um ein paar hübsche Bilder von seinem fast nackten Prachtkörper zu machen: Er hatte dunkle strubblige Haare, war ca. 1,75 m groß, sein Sixpack, die Brustmuskeln, Oberarme und Schultern waren sehr gut definiert. Gekrönt wurde sein komplett haarloser Körper von einem verführerischen Bubblebutt, der durch den eng anliegenden Jockstrap ideal präsentiert wurde.

Der Junge war in seine Arbeit versunken und nahm Bilder mit verschiedenen Posen auf. Er schaute mit etwas überheblichem Blick in den Spiegel, fand immer neue Posen. Dann nahm er seine freie Hand und massierte mit einem Finger an seiner freiliegenden Rosette rum. Stöhnend trieb er sich erst einen, dann zwei Finger in sein Loch, während Max halb verdeckt stand und sich an dem Geschehen aufgeilte. Sein Schwanz pulsierte schon wieder in seiner knappen Unterhose und er wusste, dass er diesen geilen kleinen Twink gleich durch nageln musste. Dieser Jockstrap war so verdammt aufreizend und der Junge so unverschämt sexy und schamlos.

Max trat aus seinem Versteck hervor und der Kleine erschrak. Max grinste: „Na, du bist ja ein Süßer. Geiler Knackarsch und toller Body. Ich bin Max", stellte er sich vor. „Oh… hi, ich bin Fabian, aber alle nennen mich nur Fabi", stotterte der Junge. „Du bist doch hier Trainer, oder?" – „Jap, und du trainierst hier regelmäßig?" – „Ja, ich will mich in Form bringen und hoffe hier ein paar geile Hengste zu treffen, die mich ficken können, ich stehe auf Schwänze in meinem Arsch. Gefällt er Dir?", fragte Fabi unschuldig, grinste und wackelte provozierend mit seinem Prachtarsch herum. – „Ja, ich sagte doch schon ‚Geiler Knackarsch', was willst du noch hören?", lachte Max und zog seine Unterhose runter, die seinen steifen Hammer frei gab. Fabi leckte sich die Lippen und ging auf die Knie. Ohne weitere Umstände nahm er die Latte in den Mund und begann sie geil zu blasen. Max stöhnte und begann einen sanften Maulfick. Seine Hände umschlossen den jungen Knackarsch und massierten die Backen des Jungen. Dann strich er ihm über die Rosette, die dabei geil zuckte. Fabis Stöhnen war durch den Schwanz in seinem Mund nur undeutlich zu hören.

„Du stehst also auf Schwänze im Arsch? Wie viel verträgt denn dein süßer kleiner Knackarsch?" – „Probier es doch aus!", meinte Fabi keck, nachdem er Max Schwanz aus seinem Blasmaul entlassen hatte. Nach dieser Einladung fackelte Max nicht lange, half Fabi von seinen Knien wieder auf und drehte ihn um. Er stellte ihn an die Wand und ging nun selbst auf die Knie, um Fabis Boyloch zu rimmen. Der stöhnte und entspannte sich, sodass Max mit seiner Zunge tief in die Fotze eindringen konnte und ihn gründlich feucht lecken konnte.

„Na Alter, geht's schon in die nächste Runde?", hörten sie beide plötzlich die tiefe Stimme von Murat hinter sich. Fabi erschrak als der imposante Bodybuilder im Türrahmen stand, doch Max blieb ganz cool. Er ließ kurz von Fabis Arsch und meinte: „Das ist Fabi. Ist mir eben über den Weg gelaufen. Er meinte er steht auf Schwänze in seinem Arsch. Meinst Du, wir können ihm da helfen?" – Murat knetete die mächtige Beule in seinem Slip: „Glaube schon", grinste er, schloss die Tür zum Waschraum und sperrte ab. Nun waren sie garantiert ungestört.

Fabis Erregung wuchs, allein mit so zwei geilen Fickbullen in einem Raum eingesperrt zu sein! Er war bei Planetromeo immer auf der Suche nach Muskelhengsten, die es seinem kleinen Knackarsch besorgten, dafür hatte er eben auch die geilen Fotos geschossen. Doch hier im Fitnessstudio schien es viel bessere Kontaktmöglichkeiten zu geben. Hier konnte er auch nicht auf irgendwelche Faker hereinfallen, die scharf auf seinen geilen Körper waren, aber selbst nichts zu bieten hatten.

Max stand auf und öffnete mit einem Schlüssel, der um seinen Hals hing, eine Schranktür unterhalb der Waschbeckenzeile. Zum Vorschein kamen mehrere Flaschen mit Reinigungsmitteln und Putzlappen. Max griff nach hinten und holte eine große Flasche Gleitgel sowie eine 100er-Box Kondome hervor. Fabi schaute erstaunt, während Murat das nicht sonderlich zu überraschen schien. Er kannte Max zu gut und wusste, dass der überall im Studio seine Vorräte angelegt hatte, um jederzeit eine Nummer schieben zu können.

Murat riss sich den Slip runter und legte seinen halbsteifen Monsterhammer frei. Er begann ihn zu wichsen und schaute mit lüsternem Blick auf Fabi. Während Max seinen Schwanz mit Gleitmittel einrieb trat Murat zu Fabi, beugte dessen zarten

Oberkörper nach vorne und leckte genüsslich an der kleinen Boyfotze. „Boah, schmeckst du gut!", schmatzte Murat und küsste die festen Arschbacken. Er nahm seinen dicken Schwanz und fuhr damit langsam durch Fabis Kimme. Fabi stöhnte auf und schob seinen Prachtarsch noch mehr nach hinten. „Fickt mich, bitte fickt mich hart!", stöhnte Fabi, der sein Glück immer noch nicht ganz fassen konnte. Murat spuckte auf seine Latte und verschmierte seine Spucke in der Kimme. Max hatte sich an dem Schauspiel weiter aufgegeilt, nun wollte er den Anstich wagen. Er stellte sich neben Murat, der ihm bereitwillig Platz machte.

Max setzte an und schob seine Eichel durch die enge Rosette des Jungen. Fabi verzog vor Schmerz das Gesicht, sagte aber nichts und verharrte regungslos, während Max sich vorsichtig weiter reinschob. Er begann mit leichten Fickbewegungen, um Fabi an seinen Schwanz zu gewöhnen und wenig später war er komplett drin. Er verharrte in dem engen, warm-feuchten Loch und küsste Murat, der seinen Hengstschwanz wichste, während er beobachtete, wie sein Kumpel das Boyloch einritt. Murat umrundete den Jungen und hielt seinen Schwanz vor dessen Maul. Gierig stülpte Fabi seinen Mund über die feuchte Eichel und begann Murats Schwanz zu lutschen. Während Max weiter an Fahrt aufnahm und den kleinen Knackarsch durchpflügte, stieß Murat weiter in den Hals des kleinen Bläsers vor. Er packte den Kopf und fixierte ihn wie im Schraubstock. Er begann mit seinen fetten Prügel fordernd rein- und rauszufahren. Fabi war sehr geschickt und nahm die Monsterlatte nach ein paar Anfangsschwierigkeiten nun problemlos auf. Aus seinem Maul entwichen undeutliche Laute der Lust. Sein rasierter Schwanz stand stocksteif und leckte schon Vorsaft.

Max hämmerte inzwischen seinen Schwanz in die enge Fotze, er ließ jede Vorsicht fahren und legte seine ganze Energie in diesen Fick. Fabi konnte sich nicht wehren, Murat hielt seinen Kopf weiterhin wie im Schraubstock, von hinten fixierte Max die Hüften mit seinen kräftigen Armen und drängte seinen starken Körper gegen den Teenager. Max lebte seine dominante Seite aus, kein zärtliches Rantasten wie bei Markus, sondern einfach hemmungslose Lustbefriedigung. Max blickte in das geile Gesicht von Murat, sie grinsten sich zu und er nickte anerkennend. Murat geilte sich an dem fickenden Bodybuilder auf, sah wie Max den Fick genoss und die Boyfotze mit aller Kraft durchpflügte. Seine muskulösen, stahlharten und unbehaarten braunen Schenkel, sein geiles Sixpack, die Brustmuskeln, an denen Schweißperlen herunterliefen, die starken Arme, die die Kiste des Teens eisern in Position hielten, um seinem Ficker den leichten Zugang zu dem engen, warmen Lustkanal zu bieten.

Max fickte weiter, während Murat den Schwanz aus Fabis Blasmaul rausholte. Fabi stöhnte und sabberte wollüstig unter dem Hämmern von Max Latte, jetzt wo sein Mund frei war. Ihm schien es mehr als nur zu gefallen von den beiden Typen so hemmungslos benutzt zu werden. Er spürte die Hitze in seinem Arsch, die Fotze war wund gefickt, aber jede Reibung durch Max Schwanz an seiner Prostata jagte ihm Schauer der Lust durch den Körper. Murat gab Max ein Zeichen und der unterbrach seinen Fick, ließ den Schwanz aber weiter stecken. Murat zog Fabi hoch und presste ihn an seinen Muskelkörper, ihre steifen Schwänze berührten sich und lagen an ihren Waschbrettbäuchen an. Murat drückte ihn weiter an sich und umschlang ihn mit seinen mächtigen Armen. Er leckte Fabi durch sein süßes Jungengesicht und knutschte mit ihm, er drang mit seiner Zunge in den Mund ein, während Max von hinten wieder seinen Fick im Arsch von Fabi fortsetze und seinerseits den nun aufrecht stehenden Jungen von hinten umklammerte.

Fabi war im Sandwich gefangen zwischen zwei schwitzenden und wahnsinnig geilen Fickbullen, die Nähe, die Reibung in seinem Loch, der geile Geruch der beiden Hengste und Murats Zungenspiel waren zu viel: Er spritzte heftig ab und seine Ladung klatschte auf sein eigenes Sixpack und das 8-Pack von Murat, der grunzte und sie Ladung mit seinen Fingern nahm, um sich damit seinen eigenen Monsterhammer zu wichsen. Die Eichel blähte sich auf und Murat rieb seinen Hammer nun auch an dem verschleimten Sixpack und dem erschlaffenden Schwanz von Fabi.

Wenig später schoss auch er ab, Ladung um Ladung spritzte hoch, eine wahre Fontäne von Sperma ergoss sich zwischen ihren Körpern, Murat und Fabi stöhnten und schrien vor Geilheit, während auch Max seinem Höhepunkt, stimuliert durch Fabis melkende Arschmuskeln, immer näher kam. Er zog den Schwanz kurz vorher raus, riss sich das Kondom ab und spritzte seine Ladungen auf den Arsch und den Rücken von Fabi. Murat lockerte den Griff um Fabi und die drei standen keuchend in dem kleinen Waschraum, der einen deutlichen Sperma- und Schweißgeruch hatte. Zärtlich knutschte Murat noch etwas mit Fabi, während Max Gleitmittel und Kondome wieder in seinem Versteck verstaute. „Bald wirst du auch meinen Hammer in Dir spüren, wenn du willst. Du hast eine unwiderstehlich geile Fotze, die muss ich auch haben.", raunte Murat dem davon direkt wieder aufgegeilten Fabi ins Ohr. Murat tastete an Fabis feuchtem Loch und steckte zwei Finger rein. „Gut vorgeweitet durch Max, beim nächsten Mal ficke ich Dich durch." – „Jaaa, das wäre geil", meinte Fabi und gab Murat noch einen Kuss.

Sie lösten sich voneinander und zogen sich wieder an. Murat lud Fabi zu sich in seinen Club ein, er würde ihn wie einen ganz besonderen Gast behandeln, versprach er und zwinkerte dem Teenie zu. Fabi war außer sich vor Freude, in den Club war er bisher nie reingekommen und jetzt hatte er eine Einladung vom Cheftürsteher, der sich ganz besonders um ihn kümmern wollte! Max grinste sich einen und beschloss demnächst auch mal wieder in dem Club vorbeizuschauen, in dem Keller ging meist richtig die Post ab.

Kapitel 8
Auf der Renne

Endlich war Samstag und Max wollte sich mal wieder einen Tag auf der Rennstrecke gönnen. Im Sommer fuhr er gelegentlich auf der nahegelegenen GP-Strecke seine Runden, um sich und seine Maschine ans Limit zu bringen und so zu fahren, wie es im normalen Straßenverkehr nicht empfehlenswert wäre. Dabei konnte er sich voll austoben und sich mit anderen Speedfreaks messen.

Doch für Max waren diese Ausflüge nicht nur eine Gelegenheit zum Rasen, sondern auch um geile Typen kennenzulernen. Max mochte gut gebaute Typen in ihren Ledereinteilern, mit den Kampfspuren der Rennstrecke, auf den speziellen Geruch aus Schweiß, warmem Leder, Benzin und Öl, ein animalischer Duft, der auf Max wie ein Aphrodisiakum wirkte. Schon beim Gedanken daran wurde er hart, als er auf seiner Aprilia Richtung Rennstrecke fuhr. Es war kurz nach 09:00 Uhr morgens, die Straßen waren noch leer und die Sonne hatte die Luft noch nicht so stark aufheizen können.

Meist nahm er Alex mit zur Strecke, doch der war jetzt 2 Wochen im Urlaub und Markus war im Abiturstress gefangen. Eigentlich war beides nicht so schlecht, denn wenn er alleine war konnte er leichter jemand Neues kennen lernen.

Als er am Haupteingang zum Fahrerlager ankam sah er zum ersten Mal ein großes Plakat, das für den morgigen Sonntag ein 6h-Amateurrennen für Superbikes ankündigte. Max freute sich, da würde er morgen wieder hierhin kommen können, um dem Spektakel als Zuschauer beiwohnen zu können. Innerhalb der Rundkursstrecke befand sich ein großer Parkplatz für die Rennteams, daran schlossen sich die einzelnen Boxen an, die auf die Boxengasse hinausging, direkt an der Start-Ziel-Geraden. Heute Morgen waren einige der Boxen für den Publikumsverkehr geöffnet. Wer auf der Strecke fahren wollte durfte sein Bike in einer der Boxen abstellen, ein Ticket lösen und dann über die Boxengasse auf die Strecke einfahren.

Max fuhr in die Box und stellte seine Maschine ab. Er sah sich um: Zwei andere Biker stiegen gerade auf ihre Maschinen, vor der Schranke standen weitere 3 Biker und warteten mit laufenden Motoren auf Einlass. Wie üblich war noch kaum etwas los, abgesehen von diesen ersten Freaks, die genauso bekloppt waren wie Max selbst. Er löste eine Tageskarte und stieg wieder auf seine Maschine. An der Schranke wies er sein Ticket vor und bereitete sich dann darauf vor auf die Strecke zu gehen: Max arretierte sein verspiegeltes Visier, prüfte nochmal die Bremsen, machte ein paar Lockerungsübungen und prüfte seine Sitzposition. Ein paar Gasstöße im Stand wärmten den Motor weiter auf, bevor ihm gleich Höchstleistungen abverlangt werden würden.

Alles war bereit, die Schranke hob sich und die Ampel sprang auf Grün. Max gab einen Gasstoß und ließ die Kupplung kommen. Mit grollendem Motor schoss die Maschine los, schnell fädelte er sich auf die Rennstrecke ein und stürmte auf die erste Rechtskurve zu. Er fuhr über die Außenbahn an und lenkte dann zackig ein, kam immer tiefer und strich mit seinem rechten Knieschleifer über den Asphalt. Kurz hinter dem Scheitelpunkt nahm er kräftig Gas an, sodass die Maschine sich wieder aufrichtete und stürmte weiter. Der digitale Tacho zeigte im Folgenden selten weniger als 100 km/h und Max fühlte sich großartig.

Nachdem er sich in den ersten beiden Runden eingefahren hatte und die Reifen die erforderliche Betriebstemperatur erreicht hatten, legte er einen Gang zu: Die wenigen anderen Fahrer rauchte er einen nach dem anderen auf, überholte sie beliebig Innen oder Außen. Bis die fünfte Runde kam und in seinem Rückspiegel auf einmal eine mit Sponsorenaufklebern versehene R1 von Yamaha, das 205-PS-Pendant zu seiner Aprilia auftauchte. ‚Endlich ein Gegner', dachte sich Max und versuchte die R1 abzuhängen. Doch keine Chance: Egal, wie sehr er es versuchte, die R1 blieb dicht hinter ihm. Vor einer sich zuziehenden Linkskurve setzte die Maschine schließlich auf der Innenbahn zum Überholen an. Beide rasten auf die Kurve zu und Max warf den Anker. Zu früh, die Yamaha sauste an ihm vorbei, bevor auch deren Bremslicht aufleuchtete.

Max fluchte innerlich und konzentrierte sich auf eine saubere Kurvenlinie. Wenn er zu schnell in die Kurve reinfuhr würde er das an deren Ende mit einem zu großen Radius bezahlen und weitere Meter verlieren. Er sah wie der R1-Fahrer, in dunkelblau, gelbem Rennoutfit, eine extreme Schräglage aufbaute und sich stark von der Maschine in die Kurveninnenseite hängen ließ. Sein Knie und sein linker Ellenbogen rutschten über den Asphalt. ‚Oha, ein Vollprofi', dachte sich Max voller Respekt. ‚Geiler Arsch‘, dachte Max als er das lederne Hinterteil des Fahrers vor ihm betrachtete.

Die R1 beschleunigte aus der Kurve raus und Max hängte sich ran. Mit Mühe blieb er an dem anderen Motorrad dran, was ihm sein ganzes fahrerisches Können abverlangte. Nach 5 sehr schnellen Runden zu zweit fädelte sich die Yamaha endlich in die Boxengasse ein, Max folgte ihr. Er war mental und körperlich völlig fertig, das Fahren hatte ihm ganz schön Kraft gekostet. Während sie mit gemäßigter Geschwindigkeit durch die Gasse fuhren, drehte sich der R1-Fahrer zu Max um und zeigte ihm ein Daumen hoch. Der Helm mit dem blau getönten verspiegelten Visier nickte anerkennend. Max freute sich über das Lob und reckte ebenfalls den Daumen. Sie fuhren in eine Box, in der noch einiges an Equipment rumstand: Reifenwärmer, Montagständer, Werkzeug etc. Doch abgesehen davon waren sie allein in der Box.

Sie stellten ihre Motoren ab und stiegen von ihren Bikes. Max öffnete sein Visier und nahm seinen Helm ab. Der R1-Fahrer tat es ihm gleich und lüftete den Helm. Max konnte nicht glauben, was er sah: Zum Vorschein kam das Gesicht eines Jungen mit leicht zerzausten kurzen dunklen Haaren und einem verschmitzten Lächeln, er konnte nicht älter als 18 sein! So ein junger Bursche hatte ihn auf der Renne zum Schwitzen gebracht, mit diesem Babyface hatte er sich gerade so heftig duelliert? Max war sprachlos! Mit allem hatte er gerechnet, nur nicht damit. Sein Schwanz wurde steif in dem Ledereinteiler.

„Netten Fahrstil hast du da gezeigt, in den Kurven bist du noch etwas langsam", sagte ihm der

Bengel unverhohlen ins Gesicht und grinste. „Was ist los? Sprache verloren wo du siehst wie jung ich noch bin? Ich bin Patrick und bereite mich auf das Rennen morgen vor." Max fing sich langsam: „Äh, hi ich bin Max. Ja, ich bin etwas erstaunt. Normalerweise sind die Typen, die es mit mir auf der Renne aufnehmen können wesentlich älter als ich. Wie alt bist Du?" – „Das höre ich häufig, aber das ist bei mir auch nicht so überraschend. Ich bin gerade 18 geworden und fahre seit ich 12 bin Motorrad, seit ich 14 bin auch Rennen. Habe auf 125ccm angefangen und bin jetzt Rookie in der 1000ccm-Liga. Aber ich bin nur Amateurrennfahrer, gegen einen Profi hätten wir beide null Chance. Ich starte morgen bei dem 6h-Lauf." – „Wow, nicht schlecht. Dann muss ich mir das morgen unbedingt mal anschauen." – „Kannst bei uns in die Box kommen, dort ist dann auch mein Team und du kannst das Rennen hautnah miterleben. Und mich anfeuern." Max nickte begeistert und ging Richtung Toilette. Jede Box hatte eine eigene Toilette, die sich hinter einer kleinen Metalltür befand.

„Boah, ich muss auch pissen", meinte Patrick und knetete seinen Schritt. Er folgte Max, der das Licht einschaltete. Gemeinsam gingen sie hinein und die Tür fiel hinter ihnen zu. Sie zogen sich ihre Kombis weit genug runter zum Pinkeln, Max war wieder nackt darunter, der Junge hatte unter der Kombi noch einen Rückenprotektor umgeschnallt. Sie standen nebeneinander, Max am Pissoir und Patrick an dem Klo. Sie ließen laufen. Max schaute dabei verstohlen zu Patrick rüber. Er war erregt durch den jungen Burschen und Patrick schaute gerade auf den Schwanz von Max, als sich ihre Blicke trafen.

Sie waren fertig und spülten ab, Max wichste sich kurz seinen Schwanz, der an Länge weiter zulegte und Patrick leckte sich bei dem Anblick über die Lippen, während er seinen Schwanz massierte. „Stehst du auf Schwänze?", fragte Max ihn erregt. Patrick nickte und meinte: „Vor allem so dicke Dinger wie deinen. Sieht hammer aus." Mit diesen Worten ging Patrick zur Tür und schloss ab. Sie sahen sich an. Patrick zog sich die Kombi noch weiter runter, sodass sein kleiner, fester und un-behaarter Arsch frei lag, die Ärmel verknotete er hinter seinem Rücken. Er stellte sich mit dem Bauch zur Wand und präsentierte Max sein kna-ckiges Hinterteil. Max wurde gierig und seine Latte wuchs. Er drehte den Kopf von Patrick und knutschte mit ihm, dabei presste er sich sanft von hinten an Patricks Rücken, wo er immer noch den Protektor trug. Der fing leise an zu stöhnen, als er die Latte durch seine Kimmenspalte gleiten spürte. „Lutsch an meinem Loch, bevor du mich damit knallst. Ich stehe auf feuchte Zungen an meiner Rosette. Ist auch alles sauber."

Der Kleine war richtig ordinär und schien schon Erfahrung zu haben, Max wurde richtig geil auf ihn. Er ging auf die Knie und packte mit beiden Händen Patricks Arschbacken, zog sie auseinander und ein kleines, unbehaartes rosa Loch kam zum Vor-schein. „Nettes kleines Fötzchen hast du da", meinte Max und spuckte auf die Rosette, die zuck-te. Dann nahm er einen Finger und verrieb die Spucke, Patrick stöhnte und schob seinen Arsch nach hinten. Max leckte mit seiner Zunge durch das Loch, spuckte immer wieder drauf, verteilte mit seiner Zunge die Rotze gründlich. Er begann an dem Loch zu schlecken, sodass ein Schmatzen zu hören war. Patrick stöhnte weiter vor Geilheit und sein Loch öffnete sich langsam. „Woah, geil wie du leckst, hör nicht auf damit!" – „Du hast ein schönes enges Loch, Patrick. Hast du schon Erfahrung?" – „Ja, ich treibe es oft mit meinem Teamkollegen Niklas. Der ist zwei Jahre älter als ich und nicht ganz so schnell, aber dafür fickt er richtig gut." – „Ich ficke besser", grinste Max und knallte auf die festen Arschbacken. „Wenn du so gut fickst wie du fährst kannst du jetzt loslegen."

Max langte in seine Gürteltasche und zauberte ein Kondom hervor. Er streifte es über seine harte Latte, die schon leicht vortriefte. „Jetzt bist du fällig, danach bist du nicht mehr so eng!" – „Fick mich, du geiler Muskelhengst!" Max setzte an und drückte seinen Ficker kräftig in die enge Boyfotze. Patrick schrie vor Schmerz, als Max sich weiter reindrückte. „Stell Dich nicht so an, oder wirst du etwa zum ersten Mal von einem Mann gefickt?" – „Nein, aber dein Ding ist so groß! Es tut weh!" – „Tja, da kann ich dir jetzt nicht helfen, du wolltest es doch so. Also gewöhn Dich dran!" Er knallte ihm wieder seine Pranke auf den Prachtarsch und Patrick schrie auf. Max schob ohne Gnade seinen ganzen Ficker rein. Er wollte den Jungen jetzt durchficken und ihm zeigen, dass man ihm nicht ungestraft so frech wie eben nach dem Rennen kommen konnte. Scheiß egal, was der Kleine sich einbildete auf seine Fahrkünste, jetzt war er einem arschgeilen Max vollkommen ausgeliefert. Er presste sein Sixpack und seine Brust gegen den

Rückenprotektor, und umschlang den Hals des Jungen mit dem rechten Arm, sein Schwanz pulsierte heiß und steinhart in der engen Fotze von Patrick. Er raunte in sein Ohr: „Wer so gut fährt muss auch was aushalten können, ich mache dich jetzt erst richtig zum Mann. Wenn wir fertig sind wirst du mich anbetteln dich künftig täglich zu ficken. Denn der Schwanz von deinem Kollege scheint es nicht sonderlich zu bringen, wenn Du noch so eng bist!"

Patrick schluckte. Der Schmerz ließ langsam nach und Geilheit gewann die Oberhand. Ihn erregte der muskulöse Körper an seinem Rücken, die Hitze die davon ausging und natürlich der große Ficker, der in ihm steckte. Auch waren ihm beim Pinkeln natürlich nicht die geile Brust und das Sixpack entgangen. Die dominante Art tat ihr Übriges: Patrick wurde hemmungslos und gab sich nun Max ganz devot hin: Er stöhnte laut und hauchte „Mach mich zum Mann, Max. Ich will deinen Schwanz! Gib es mir!"

Das ließ sich Max nicht zweimal sagen: Er begann mit leichten Fickbewegungen und steigerte das Tempo dann immer weiter. Die Fotze umschloss seinen Schwanz so geil warm und eng, dass Max Sorge hatte zu früh abzuspritzen. Er wollte den Kleinen schön durchnageln, bevor er sich ausrotzte. Er machte langsamer und genoss den Fick. Er tastete an Patricks jugendlichem Körper, erkundete die haarlose glatte Haut und küsste seinen Hals, während sein Schwanz langsam ein- und ausfuhr. Patrick stöhnte nur noch und ließ sich gehen. Max steigerte schließlich das Tempo wieder, bis seine Eier gegen die straffen Backen klatschten. Er hämmerte drauf los und grunzte, während er es Patrick besorgte.

Der kleine Raum war angefüllt vom Grunzen und Stöhnen der beiden, Max Eier klatschten bei jedem Stoß gegen den Arsch von Patrick. Sein großer feuchter Schwanz flitzte nun mühelos in die Boymöse rein und raus, er tobte sich richtig aus und hielt den Jungen wie im Schraubstock mit seinen muskulösen Armen. Für ihn war Patrick jetzt nur sein Sexobjekt, kein zärtliches Getue wie bei Markus, keine Rücksichtnahme auf die kleine Fotze, nur sein hammerharter Schwanz und ein enges geiles Loch, das er stopfen konnte. Er dachte an das Grinsen von Patrick nachdem er den Helm abgezogen hatte, diese überhebliche Geste ihm gegenüber ‚Netten Fahrstil hast du da gezeigt, in den Kurven bist du noch etwas langsam'. Langsam? Das nützt Dir jetzt nichts, wo ich in deinem süßen kleinen Arsch wüte!

Patrick stöhnte und sabberte, er war völlig fertig und nahm die heftigen Stöße von Max nur noch hin. Er war gerne passiv und ließ sich den Arsch stopfen, von seinem Teamkollegen Dennis und auch von Timo aus dem Werkstattteam, aber dieser Kerl war eine neue Dimension für ihn und er fickte so geil!

Max hämmerte weiter ohne Unterlass in Patricks Loch, der sich willig stöhnend hingab und den heftigen Fick genoss, während er von Max gegen die Wand gepresst wurde. Dieser schwitzte zunehmend, der Schweiß lief ihm am Körper entlang bis in seine Motorradstiefel, der Schwanz flutschte mühelos durch Patricks Fotze, die heiße Enge des jungen Arschs trieb Max immer weiter dem Höhepunkt entgegen. Auch Patrick war durch die ständige Reibung an seiner Prostata stark erregt und spürte wie sein Sperma in den Eiern vorkochte, das schmatzende Geräusch von Max Schwanz und das Schlagen der Eier auf seine Schenkel taten ihr Übriges. Patrick schrie auf und spritzte mehrere Ladungen gegen die Wand, die dort zäh herunterliefen. Während seines Abgangs massierte die zuckende Rosette Max Schwanz, der das mit einem Grunzen zur Kenntnis nahm und seine Stöße etwas verlangsamte. Er presste seinen Mund an Patricks Nacken und leckte über die weiche, feuchte Haut des jungen Rennfahrers, während er ihn genüsslich weiter fickte. Zärtlich biss er ihm in den Nacken, Patrick quietschte vor Geilheit. Max verlangsamte die Fickbewegungen weiter und drehte Patricks Kopf zur Seite, um mit ihm geil rumzuknutschen.

Dabei schob er weiterhin in langsamen Bewegungen seinen Schwanz durch Patricks Lustgrotte. Auch in Max Eiern brodelte inzwischen das Sperma und er begann nun wieder heftig zu stoßen, um endlich abzupumpen. Mit einem lauten Grunzen zog er schließlich seinen Schwanz raus, riss das Kondom runter und spritzte Schub um Schub auf Patricks Rücken. Dessen weit geöffnetes Loch war noch feucht von einem Rest von Spucke und Körpersäften. Max fingerte mit mehreren Fingern darin herum, führte seine feuchten Finger an Patricks Mund, wo er die heiß gefickte Rotze genüsslich ableckte. „Du fickst wirklich so geil wie du fährst", meinte Patrick schelmisch grinsend und küsste Max auf den Mund. Max nickte und beide begannen sich ihre Lederkombi wieder hochzuziehen.

„Du bist eine richtig geile Stute, so einen harten Fick hält nicht jeder in deinem Alter aus. Scheinst da echt Übung drin zu haben.", lobte Max. Nachdem sie sich angezogen hatten verließen sie die Toilette wieder und besorgten sich was zu Essen. Sie fachsimpelten noch ein wenig über Fahrtechnik, dann verabschiedete sich Max und versprach morgen wieder da zu sein. Patrick freute sich schon darauf und wurde wieder steif, als er an Max geilen Schwanz in seinem Arsch zurückdachte.

Kapitel 9
Eine harte Lektion

Am nächsten Tag war Max wieder an der Rennstrecke, um das 6h-Rennen zu erleben und natürlich auch um Patrick wieder zu sehen. Er bekam Zugang zum Fahrerlager und stellte seine Maschine zwischen den ganzen Fahrzeugen und Wohnwagen der Rennteams ab. Es war früh am Morgen und schon viel Betrieb an der Strecke. Patrick hatte ihm gestern gesagt, in welcher Box sein Team ihr Quartier aufschlagen würde und Max ging in seiner Ledermontur, mit Helm und Handschuhen in der Hand, durch die Fahrzeugreihen auf die Tür zur Box zu.

Er öffnete und schon stand er mittendrin: 4 Yamaha-Superbikes aufgebockt auf ihren Montageständern, mit Reifenwärmern versehen, Gitter trennten die Boxen untereinander ab, sodass man auch in die anderen Boxen schauen konnte. Keine war leer geblieben. Vorne links in der Box stand eine Bierzeltgarnitur mit Essen und Getränken, zwei Frauen saßen dort mit zwei Jungen, vielleicht 12 oder 13 Jahre alt. An zwei der Bikes wurde eifrig rumgeschraubt, ein junger Fahrer saß in seiner Ledermontur mit dem obligatorischen Buckel auf dem Rücken schon auf dem Bike und besprach mit einem der Mechaniker gerade eine Einstellung. Keiner schien von Max Notiz zu nehmen, bis jemand von hinten scherzhaft auf seinen Rücken haute und Max herumwirbelte.

„Max! Cool, dass du da bist und unsere Box gefunden hast, wie gefällt es Dir?", fragte Patrick und strahlte ihn an. Der junge Rennfahrer hatte Stiefel und Lederkombi schon an, den oberen Teil mit den Ärmeln hatte er aber noch runter gekrempelt und er trug ein eng anliegendes Under-Armour-Sportunterhemd, das seine kleinen Muskelpakete gut zur Schau stellte. Max grinste und schlug mit der Hand in Patricks zur Begrüßung ein. „Hey, Patrick, schon aufgeregt? So nah war ich noch nie bei einem Rennen, sieht sehr interessant aus." Patrick führte ihn herum und stellte ihm die beiden Frauen an dem Bierzelttisch vor.

Es waren seine Mom, seine beiden jüngeren Brüder und die Mutter seines Teamkollegen Niklas. Dann wurde er weiteren Leuten vorgestellt, auch dem Mechaniker Timo. Max begrüßte alle artig und konnte seine Blicke dabei kaum von Patrick lassen. Er sah so verdammt sexy in seiner Lederkombi aus, dieser athletische kleine Kerl, der ihm gestern auf der Renne gezeigt hatte, was eine Harke ist und dem er dann im Gegenzug nachher seine kleine Fotze durch genagelt hatte. Max wurde steif, ließ sich aber sonst nichts anmerken. Am liebsten hätte er sich jetzt Patrick geschnappt und ihn an Ort und Stelle zur Begrüßung erst mal durchgefickt und zum Abspritzen gebracht, aber das ging hier vor allen Leuten natürlich nicht. ‚Nachher', beruhigte sich Max und ließ sich zu den Maschinen führen.

Patrick stellte den anderen Biker auf der Maschine als seinen Teamkollegen Niklas vor. Er war etwas größer als Patrick und auch zwei Jahre älter. Max und Niklas musterten sich kurz. Max lächelte und schaute sich das Bike näher an. Der Mechaniker war jetzt an einer anderen Maschine zugange und Niklas erklärte ihm die technischen Veränderungen für das Rennen. Max tat interessiert und rückte näher an Niklas ran, Patrick stand auf der anderen Seite des Bikes und ergänzte seine Ausführungen.

Max war zwar auch an der Motorradtechnik interessiert, viel mehr interessierte ihn aber der Knackarsch in Leder, den Niklas beim Vorbeugen auf dem Bike gut präsentierte. Max führte seine Rechte an das Heck der Maschine und deutete auf eine Befestigung. „Und hier macht ihr dann eure Gopro fest, die euch von hinten filmt während des Rennens?" Patrick und Niklas nickten eifrig. „Genau, anhand der Videos bewerten wir dann unsere Fahrtechnik und schauen was wir noch besser machen können. Aber wir sind schon recht gut, in unserer Klasse stehen wir öfter mal auf dem Treppchen.", meinte Niklas. „Interessant", meinte Max und fuhr wie beiläufig mit seiner rechten Hand vom Heck nach vorne über den Sitz und streichelte über Niklas knackigen Lederarsch, intensivierte den Druck mit seinen Fingern und strich dem jungen Rennfahrer durch seine Furche. Niklas stöhnte leise, stützte sich auf die Lenkerenden und hob seinen Arsch etwas an, sodass Max seine Finger weiter darunterschrieben konnte. Die eng anliegende Kombi erlaubt ihm zwar nicht weiter vorzudringen, aber die Reibung und der zielsichere Griff von Max reichten aus, um Niklas geil zu machen, sein Schwanz reagierte und versteifte sich sofort, er schnaufte schwer. Patrick schaute neidisch und fasste sich auch kurz an sein Paket.

Max steckte mit den beiden die Köpfe zusammen: „Ihr seid mega heiß, Jungs! Ich mag Champions, also macht mich stolz und ich werde es euch nachher so richtig geil besorgen." Niklas und Patrick sahen sich an und nickten begeistert. Natürlich hatte Patrick Niklas gestern Abend per Chat alle Einzelheiten ihres Ficks im WC mitgeteilt. Niklas war davon so aufgegeilt, dass er zweimal in seinem Bett abgesahnt hatte. Und jetzt stand der geile Hengst in ihrer Box und machte sie vor dem Rennen schon rattig! Sie mussten unbedingt gewinnen, auch wenn sie davon überzeugt waren, dass Max sie so oder so ficken würde.

Max zog seine Hand zurück, bevor noch jemand anderes was merken würde und klopfte Niklas auf die mit Carbonprotektoren geschützten Schultern seiner Racingkombi. „Viel Glück beim Rennen, Jungs. Ich schaue mir das genau an, macht mich stolz!", sagte Max und grinste. Er genoss die Macht, die er über diese jungen Kerle hatte. Wenn sie auf Schwänze standen waren sie ihm hörig und er war gespannt, zu welchen Höchstleistungen er die beiden mit der Aussicht auf einen Fick mit ihm anspornen konnte.

Der Start des Rennens rückte näher und die beiden Jungs zogen sich ihre Helme an, schoben die Bikes in die Boxengasse. Sie setzten sich auf ihre Maschinen und ließen die Motoren warm laufen. Zwei ältere Rennfahrer stiegen auf die letzten beiden Maschinen des Teams und bereiteten sich ebenfalls auf das Rennen vor. Es waren Niklas Onkel und ein Meister aus der Auto- und Motorradwerkstatt des Onkels, die auch das Rennteam gegründet hatten. Das Mechanikerteam rekrutierte sich aus den Angestellten der Werkstatt. Darunter auch Timo, ein bulliger Geselle mit Glatze. Er hatte die Szene zwischen Max und Patrick an dem Bike mitbekommen und war dadurch aufgegeilt worden. Er musste sich diesen Max vornehmen, sobald das Rennen lief!

Die Fahrer fuhren eine Aufwärmrunde aus der Boxengasse raus und stellten sich danach an der Start-Ziel-Geraden zum Le-Mans-Start auf: Auf der einen Seite der Fahrbahn die Bikes leicht schräg in Fahrtrichtung ordentlich nebeneinander aufgestellt, auf der anderen standen die Fahrer in voller Rennmontur. Auf ein Signal des Schiedsrichters würden sie zu ihren Maschinen sprinten, anlassen und losrasen. Max stand am Zaun, der die Start-Ziel-Gerade von der Boxengasse trennte, genau hinter Patrick und Niklas. Die Bikes wurden von einem Teammitglied am Heck gehalten, sodass die Maschinen nicht auf dem Seitenständer stehen mussten. Nervosität machte sich unter den beiden breit, der Start war die erste Herausforderung: Schnell auf das Bike kommen und das Chaos des Startfelds so schnell wie möglich hinter sich lassen.

Stille senkte sich über die Szenerie, die Spannung stieg, jeder wartete auf die Signale des Schiedsrichters. Der erste Pfiff ertönte: Bereit machen. Die Fahrer beugten sich leicht nach vorne, zum Sprint bereit. Max hatte nur Augen für die beiden Knackärsche von Niklas und Patrick, die sie ihm gerade in ihren Ledereinteilern präsentierten. Zweiter Pfiff: Startsignal erwarten. Kurz darauf ein letzter Pfiff: Los!

Die Fahrer stürmten zu ihren Bikes, Patrick und Niklas kamen sehr gut weg und sprangen auf ihre Maschinen, starteten hastig die Motoren, gaben etwas Gas, lenkten ein und mit wütend aufheulenden Motoren wurden sie ein Teil der chaotischen Menge, der Lärm war ohrenbetäubend. Max ließ die Szene auf sich wirken und blieb an dem Zaun stehen. Dann waren alle Bikes weg und der Lärm ebbte ab, schon nach wenigen Minuten müsste das Feld wieder vorbei kommen.

Bevor man die ersten Maschinen auf die Zielgerade einbiegen sah, hörte man sie bereits näher kommen. Das Summen schwoll immer lauter an, dann bogen die ersten Maschinen um die Kurve, die Fahrer gaben Vollgas. Unter den ersten 10 Maschinen konnte Max tatsächlich Niklas und Patrick erspähen, voll darauf konzentriert sich an die Spitze zu kämpfen. Max schmunzelte und schaute auf die Zeitentabelle. Die beiden führten bereits in der Rookie-Klasse mit einem knappen Zeitvorsprung. „Klappt doch!", dachte sich Max zufrieden. Ein paar Runden später stand Timo aus dem Werkstattteam in einem schmuddeligen Blaumann plötzlich neben ihm. „Hi, wie machen sich die beiden Jungs?" – „Sieht gut aus, liegen in ihrer Klasse weiterhin vorne."

Max musterte den Typen. Vielleicht Mitte 30, ein wenig Speck auf den Rippen, aber kräftige Arme und breite Schultern. War früher sicher besser in Form, aber schien etwas angesetzt zu haben. Die Glatze und der Ohrring sahen interessant aus, der schmutzige Blaumann erregte Max irgendwie. Verschwitzter, schmutziger Werkstattheini. Und er fickte Patrick anscheinend regelmäßig, nachdem Patricks Fotze aber so jungfräulich gewesen war konnte Timo keinen großen Schwanz haben. Egal, er (Max) ließ sich ja sowieso nicht ficken, der Arsch in dem Blaumann war nicht schlecht, machte

Max aber nicht an. Er wollte von dem Typen nichts. Auch Timo schaute sich Max an, er spürte dessen Blicke und geilte sich an dem muskulösen Typen in der engen Lederkombi auf.

Er hatte einen Lederfetisch und geilte sich gerne an den Bikern in ihren Ledereinteilern auf. Deshalb trieb er es auch häufig mit Patrick und Niklas, dem Neffen seines Chefs. Er grinste Max an. „Ich muss mal pissen, hab heute Morgen schon Stunden an den Bikes geschraubt. Musst du auch?" Max nickte stumm und folgte Timo auf die Toilette der Box. Max kannte sich hier schon gut aus, die Toilette war gleich gebaut wie die, in der er gestern Patrick durch genagelt hatte. Die Tür fiel zu und sie standen in dem kleinen Raum, das Licht war angelassen worden. Max schloss ab und sie stellten sich an die Pinkelbecken. Timo hatte mehr Druck auf der Blase und war fertig als Max noch pinkelte. Er zog ab und betrachtete den geilen Muskelarsch von Max in der Lederkombi. Er nahm eine Hand und packte fest zu, presste sich von hinten an Max Lederkörper, sein nackter steifer Schwanz rieb über den Lederarsch.

Max war total überrumpelt und stieß ein überraschtes „He!" aus. „Ich weiß, dass du Patrick gestern durch genagelt hast, aber der gehört schon mir und deinen Arsch werde ich mir auch gleich vornehmen. Denkst du, ich habe das Geturtel zwischen Dir und den beiden eben nicht mitgekriegt? Dafür bist du fällig!" Timo schien sich seiner Sache sehr sicher zu sein und glaubte wirklich Max würde sich das gefallen lassen. Falsch gedacht.

Max hatte sich wieder gefangen und drehte sich in einer blitzschnellen Bewegung um, drängte den aufgegeilten Mechaniker vor sich her und gab ihm zwei schallende Ohrfeigen. „Finger weg von meinem Arsch, du perverse Mechanikersau! Glaubst du, ich lasse mich von so einem verschwitzten dicken Blaumann wie Dir anfassen? Und mit was willst du mich ficken? Mit dem kleinen Ding da? Kein Wunder, dass Patricks Arsch gestern so eng wie bei einer Jungfrau war, dein Zahnstocher bringt es nicht. Ich musste Patrick erst mal richtig einreiten, mit dem hier.", sagte Max und präsentierte seine große Latte.

Er nahm den Mechaniker in den Schwitzkasten und drängte ihn mit dem Bauch an die Kachelwand. „Und jetzt bist du dran, mal schauen wie viel Schwanz du verträgst...", drohte Max ihm flüsternd ins Ohr. Timo war baff, das erste Mal, dass sich ihm jemand widersetzte und er war in dem Schwitzkasten des Bodybuilders gefangen, er war so stark! Max zog sich schnell ein Gummi über, rotzte kurz auf seine Latte und setzte schon an. Ihm war es scheißegal, ob Timo Schmerzen haben würde, er wollte ihn für die dreiste Anmache bestrafen. Niemand fasste seinen Arsch an!

Er stieß voran, trieb seine Eichel mit Gewalt durch die enge Rosette des Mechanikers. Der schrie auf und Max hielt ihm mit der Hand den Mund zu. Ein gewaltiger Widerstand baute sich im Fickkanal auf und Max kam mit seiner stahlharten Lanze kaum weiter vorwärts. Er presste und presste, aber Timo war völlig verkrampft. Er haute ihm mit der anderen Hand ein paar Mal kräftig auf die Arschbacken, sodass es klatschte. „Wenn du dich nicht entspannst muss ich Dir noch mehr wehtun, lass es geschehen. Ist keine Schande von mir gefickt zu werden, mich fickt nämlich niemand.", versucht Max sein Opfer zu beruhigen.

Timo fühlte sich vollkommen hilflos, was war hier nur los? Er war doch sonst der Aktive, er hatte die Kraft von Max unterschätzt und war ihm nun voll ausgeliefert. Komischerweise schien ihn das anzumachen, sein Schwanz stand steif, während er an die kalten Fliesen gepresst wurde. Sein Loch brannte wie Feuer und es schien ihn fast zu zerreißen, aber wenn Max Latte über seine Prostata rieb durchzuckten ihn Schübe von Geilheit.

Durch die Schläge auf seine Backen entspannte er sich kurz ein bisschen und Max konnte seinen Bolzen weiter rein treiben, im Innern war der Fickkanal etwas feuchter und Max konnte diese Schmierung gut gebrauchen. Timo wimmerte immer noch vor Schmerzen, aber Max steigerte nun unbarmherzig das Tempo, fuhr mit kurzen schnellen Fickbewegungen im Kanal rein und raus. Er genoss und stöhnte, geilte sich an der Situation auf, wieder mal hatte er die Oberhand behalten und konnte es diesem dreckigen Mechaniker zeigen! Fickte ihn trocken auf der Toilette der Box, nur eine Tür weiter war der Rest des Teams versammelt und ahnte von nichts! Max fickte Schub um Schub in den trockenen Arsch von Timo, der war völlig fertig, die Schmerzen wollten nicht aufhören, Max nahm keinerlei Rücksicht, sondern drückte sich hemmungslos in den engen Lustkanal rein, hämmerte inzwischen bis zum Anschlag rein, seine muskulösen Schenkel klatschten gegen die Pobacken von Timo, das aufgerissene Arschloch presste am Schaft des fetten Schwanzes, der im Darm wütete.

Wenn Max spürte, dass sein Sperma langsam hochkochte machte er langsamer, um nicht zu früh zu kommen. Timo dachte dann jedes Mal seine Qual hätte schon ein Ende gefunden, aber sobald Max das vorzeitige Abspritzen verhindert hatte nahm er wieder unerbittlich Fahrt auf. Keine Gnade! Max grunzte zufrieden und lachte dreckig. War der unattraktive Kerl doch wenigstens ein geiles enges Fickstück, aber man durfte ihm beim Sex nicht zu genau anschauen, dachte sich Max selbstzufrieden und strich mit seiner freien Hand über seine dicken Muskeltitten, während er schwungvoll in sein Opfer fickte.

„So fühlt sich ein richtiger Männerschwanz an, Patrick hat ihn schon nach wenigen Minuten genossen und sich geil durch nageln lassen. Warum bist du nur so eine Memme? Jammerst hier rum, anstatt dankbar zu sein, dass sich endlich einer deiner erbarmt und Dir deinen natürlichen Platz zeigt, als Fotze!" Timo fühlte sich mies und konnte nichts sagen, weil Max ihm nach wie vor den Mund zuhielt. Was für eine Demütigung von diesem Muskelhengst! Tränen stiegen in seine Augen, er hatte doch nur den geilen Ledertypen durch nageln wollen und jetzt lachte er über ihn, während er ihn mit diesem Hammerschwanz entjungferte? Seine eigene Latte war zusammengeschrumpft, er fühlte nur noch Schmerz und wollte, dass es aufhört, er konnte nicht mehr.

Max wollte nicht mehr, er steigerte sich noch ein letztes Mal und rotzte sich dann in seinem Kondom aus, er kam 6x und füllte es kräftig, sodass sein Schwanz total eingesaut war. Er zog seinen feuchten Schwanz aus der Fotze und zog sich das Kondom ab, schmiss es in den Mülleimer und ließ Timo endlich los. Der sackte an der Kachelwand zusammen und setzte sich hin. Tränen kullerten ihm aus den Augen und er stöhnte vor Schmerzen. Er war völlig fertig. Max runzelte die Stirn, während er mit halbsteifer Latte über Timo stand. Hatte er es übertrieben?

„Ich habe nichts gegen Dich persönlich, Timo. Aber du musst wissen und dir merken, dass ich mich niemals ficken lasse. Du bist selbst schuld, dass es so gelaufen ist, man fasst anderen nicht ungefragt an den Arsch. Und mir schon gar nicht. Merk dir das für die Zukunft und wir haben kein Problem, okay?" – „O – Okay", stammelte Timo nur und Max verließ die Toilette mit einem zufriedenen Grinsen, nachdem er sich wieder angezogen hatte, seine verschleimte Latte trug er unter seiner Lederkombi. Timo blieb noch kurz in der Toilette und machte fortan einen großen Bogen um Max.

Kapitel 10
Doppelte Freude

Sechs Stunden nach dem Start des Rennens begann die letzte Runde. Niklas und Patrick lagen zwischenzeitlich etwas zurück, konnten sich aber letztlich wieder auf die ersten beiden Plätze ihrer Klasse vorkämpfen, insgesamt waren sie auf Platz 13 und 14 abgerutscht, die älteren Fahrer hatten ihre Erfahrung ausspielen können. Mehrere Tankstops, Trink- und Snackpausen in der Boxengasse waren die einzigen Unterbrechungen für die Fahrer gewesen, das Rennen lief unaufhörlich weiter, eine Abwechslung der Fahrer war nicht vorgesehen.

Max stand wieder an der Zielgeraden, als die Bikes das letzte Mal auf die Ziellinie zu donnerten. Während die Bikes wieder in die Boxengasse einfuhren stand Max vor der Teambox und erwartete die Ankunft von Niklas und Patrick. Patrick fuhr vorneweg und hielt auf Max zu, erst im allerletzten Moment legte er eine Vollbremsung hin, sodass sich sein Hinterrad hob und nach dem Stillstand des Bikes wieder runter krachte. Niklas hielt neben ihm und sie gaben sich auf den Bikes sitzend Highfive, reckten ihre Hände nach oben. Max schmunzelte und klopfte Patrick als erstes auf die Schultern, bevor die beiden Jungs von ihrem Team umringt und gefeiert wurden.

Die beiden jungen Rennfahrer bekamen Gesellschaft von den beiden älteren Fahrern des Teams, bevor es an die Restgummiverwertung ging: Niklas und Patrick zogen die Handbremse fest an, ließen den Motor hochdrehen und die Kupplung leicht kommen, sodass der Hinterreifen auf der Stelle durchdrehte und das Gummi unter dem Johlen der Menge in beißenden Rauchschwaden verbrannte. Dabei ließen sie das Heck der Maschine ein wenig hin und her wedeln, die ganze Boxengasse war in kürzester Zeit eingenebelt, da die anderen Teams ebenfalls Burnouts hinlegten.

Dann stiegen alle ab und die Mechaniker kümmerten sich um die Verladung der Bikes, während die Rennfahrer sich zu den Duschen im Obergeschoss begaben. Max folgte den beiden Jungracern nach oben. Max war scharf auf die beiden und wollte ihnen endlich ihre Belohnung geben. Die beiden zogen ihre Renneinteiler und ihre Under-Armour-Shirts aus, waren nun nur noch mit Jockstraps bekleidet, in denen sich schon deutliche Beulen abzeichneten. Max trat ein und schloss die Tür zur Umkleide hinter sich ab. Grinsend meinte er: „Na, das war ja ein tolles Rennen von euch, hab ich euch also ausreichend motivieren können." Niklas und Patrick nickten und kamen auf Max zu, der noch seine Lederkombi trug. Während Patrick anfing mit Max zu knutschen strich Niklas im Schritt von Max über das geile Leder der Motorradkluft. Max Latte versteifte sich weiter, er musste jetzt unbedingt die Kleidung loswerden.

Er öffnete seinen Reißverschluss und die beiden Jungs halfen ihm beim Entkleiden. Wie immer war Max nackt unter der Kombi, seine Latte mit dem getrockneten Sperma von dem Fick mit Timo ploppte hervor und er drückte Patrick mit sanftem Druck auf seinen Kopf auf die Knie, steckte ihm seine Latte in den Mund und ließ sie sich von ihm sauber lecken. Patrick schmeckte den Geschmack des geilen Spermas seines Hengstes, sein Schwanz stand auch wie eine Eins und tropfte wieder Vorsaft. Niklas stand daneben und wichste sich stöhnend. Dann ging auch er auf die Knie und half beim Sauberlecken. Max genoss die beiden heißen Mäuler und Zungen an seinem Schwanz und führte die Köpfe der beiden Bläser mit seinen muskulösen Armen. Steinhart stand sein Ficker nun wieder, bereit ihn gleich in den Knackarsch von Patrick zu versenken, eingespeichelt und glänzend von der Spucke der beiden jungen Rennfahrer. Patrick drängte Niklas beiseite und saugte nur an der dicken Eichel von Max Schwanz, umspielte mit der Zunge immer und immer wieder die glitschige Eichel des beschnittenen Prachtstücks und schaute dabei nach oben, an dem Muskeltorso hoch zu dem vor Geilheit verzogenen Gesicht von Max, der durch diese Behandlung nochmal extra laut stöhnte.

Max entzog sich der heißen Maulfotze und zog Patrick wieder hoch, während Niklas sich weiter seine steife Latte wichste. Max war inzwischen vollkommen nackt und sein perfekter gebräunter Muskelkörper sah umwerfend in dem Licht der Umkleide aus. Er legte schnell ein Kondom an und rotze mehrmals auf seinen Schwanz, verteilte die Rotze, legte ein Handtuch auf die Tischplatte und legte sich dann mit dem Rücken auf den Tisch. Er winkte Patrick heran. „Los, setz dich drauf!", meinte Max. Patrick nickte eifrig und stieg von Geilheit getrieben auf den Tisch, ging in die Hocke und setzte sich vorsichtig auf die Eichel. Max schob von unten hoch, hielt dabei den Oberkörper von Patrick fest. Die stahlharte Latte spaltete mühelos die Rosette des Jungen, der vor Schmerz und Geilheit aufstöhnte: Endlich war wieder dieser geile Schwanz in ihm! Max zog an Patricks Schultern und legte ihn mit dem Bauch voran auf seinen Waschbrettbauch, spürte die Wärme seines Jungenkörpers und drang tiefer ein. Ihre Gesichter lagen übereinander, Max leckte über das süße Gesicht und begann dann einen zärtlichen Zungenkuss, während er mit seinem Schwanz in ihm steckte. Er umarmte den Jungen und presste ihn an seinen Muskelkörper, der Schwanz von Patrick lag stocksteif auf Max Sixpack. Als der mit leichten Fickstößen begann, wurde Patricks Latte von den Rillen des Sixpacks intensiv gerieben, der mächtige heiße Muskeltorso arbeitete unter ihm und drückte gegen seinen eigenen athletischen Körper. Patrick wurde richtig heiß, eine Welle von Glück und Geilheit durchwogte ihn, Max Körper, der Geruch, der Schweiß, die Enge in seinem Arsch und die Reibung an seiner Latte. Dazu das schöne Gesicht von Max und seine heiße Zunge, die in seinem Mund arbeitete.

Das war zu viel für ihn: Patricks Schwanz zuckte und er spritzte sein Sperma zwischen ihre beiden Waschbrettbäuche, Max fickte ihn unbeeindruckt langsam und gefühlvoll weiter, während er weiter knutschte. Mit der Hand strich er durch Patricks Gesicht, der vor Glück strahlte.

Sie unterbrachen das Knutschen und Max winkte den von der Szene zusätzlich aufgegeilten Niklas zu sich. „Du fickst Patrick doch sonst auch? Dann los!" Patrick stöhnte kurz auf, nachdem er realisiert hatte, was das bedeutete: Zwei Schwänze gleichzeitig in seinem Arsch! Immerhin hatte

Niklas nicht so einen großen Schwanz wie Max. Niklas stülpte sich das Kondom über und wichste noch ein letztes Mal, spuckte auf seine Latte und nutzte das Innehalten von Max im Arsch von Patrick, um seinen Schwanz oberhalb zwischen die Backen von Patrick zu schieben. Er keuchte, es kostete ihn einiges an Kraft, um neben Max Hammer noch Platz zu finden. Patrick jammerte leise und atmete geräuschvoll die Luft ein. Max streichelte ihn zärtlich, um ihn zu entspannen: „Ruhig, es wird gleich geil werden, versprochen!" Patrick versuchte sich zu entspannen, während Niklas seinen Weg in die Arschfotze fand. Mit einem langgezogenen Stöhnen schob er sich oberhalb von Max Schwanz in den Lustkanal, die intensive Reibung an dem anderen Schwanz und die Enge in dem Loch waren überwältigend, die Aussicht auf Patricks schönen Körper und den darunter liegenden Bodybuilder machten ihn zusätzlich an. Er beugte sich über den Rücken von Patrick und begann über die zarte vom Schweiß salzige Haut zu lecken.

Beide verharrten in Patricks Loch und Max fragte Patrick: „Alles klar bei Dir?" Patrick nickte stöhnend, obwohl er noch etwas Schmerzen empfand, aber die Neugier und Lust auf die beiden Schwänze waren stärker. Max begann nun wieder zu ficken und genoss die Reibung an dem anderen Schwanz. Die Fotze war nun doppelt so eng wie vorher und er musste sich zusammenreißen nicht direkt abzusahnen. Niklas machte hin und wieder ein paar leichte Züge zusammen mit Max, fand aber noch nicht den Rhythmus und blieb erst mal passiv. Max machte weiter langsame Fickbewegungen, genoss jeden Zentimeter seines Schwanzes und die beiden Körper, die auf ihn pressten, er befühlte die feinen Muskeln seines süßen Fickpartners, das zwischen ihre Waschbrettbäuche gespritzte Sperma schmatzte leise bei jeder Bewegung, die Max unter dem Körper von Patrick machte.

Max steigerte das Tempo und Niklas begann nun auch mit konstanten Fickbewegungen. Er wechselte sich mit Max ab, sodass ein Schwanz immer reinfuhr wenn der andere raus fuhr und umgekehrt. Patrick jaulte auf vor Lust und genoss die beiden Schwänze, die in seinem Arsch arbeiteten. Max umschlang Patrick und küsste ihn, während er weiter seinen Schwanz in dessen Knackarsch trieb. Alle drei stöhnten um die Wette, Niklas hechelte angestrengt. Die beiden Schwänze in Patricks Arsch gönnten ihm keine Pause, sein eigener Schwanz war schon wieder steif und rieb auf Max Sixpack im Rhythmus von dessen Fickstößen. Schweiß lief ihnen von den Körpern und die Hitze zwischen den Körpern war intensiv zu spüren.

Kurze Zeit später erreichte Niklas als erster den Höhepunkt: Er legte noch etwas an Geschwindigkeit zu und spritzte stöhnend sein Kondom voll, zog den Schwanz raus, streifte das Kondom ab und rieb seinen mit Sperma verschmierten Schwanz an den Arschbacken von Patrick. Max war nun wieder alleine in Patrick und nutzte den zusätzlichen Platz dazu, um die Schlagzahl zu erhöhen: Er begann nun heftig in den Arsch zu nageln, während er Patrick an seinen Muskelkörper presste. Patrick wurde heftig gestoßen und rutschte auf dem schweißnassen Körper vor und zurück, seitlich wurde er von den starken Armen festgehalten.

Niklas schaute fasziniert zu, wie der große feuchte Schwanz in der Fotze seines besten Freundes immer und immer wieder rein hämmerte, wie sich seitlich Flüssigkeit rausdrückte, wie die geilen muskulösen Arschbacken von Max bei jedem Fickstoß arbeiteten und wie Patrick bei jedem heftigen Stoß erzitterte. Patrick war in Max Armen gefangen und lag wie auf einem wilden Tier, das ihn nun heftig durchvögelte und seine ungestüme Lust in ihm entlud. Sie stöhnten noch lauter als vorher, geilten sich am Gestöhne des anderen noch weiter auf und boten Niklas eine fantastische Show, sodass dessen Schwanz wieder steif wurde. Er wichste sich heftig, während er hinter den beiden stand und ihrem Treiben weiter zuschaute.

Dann kam es auch Patrick wieder, die ständige Reibung seines Schwanzes auf Max Sixpack, der hämmernde Schwanz in seinem Hintern, der Schweiß, das geile Grunzen und Stöhnen von Max, sein lustverzerrtes Gesicht, sein dominanter Blick und der heiße Körper unter ihm brachten ihn zum Orgasmus: Er spritzte unkontrolliert zwischen ihre Bäuche, bis in Max Gesicht reichten die Spritzer, sein Schließmuskel zog sich mehrmals zusammen und molk Max Prachthammer, der dadurch auch zum Abschuss kam. Er stoppte mit der Bewegung in Patricks Arsch und pumpte stöhnend sein Sperma raus, während er immer noch die Kontraktionen von Patricks Schließmuskeln spürte.

„Boah, hammergeiler Fick mit euch beiden. Dreier sind das geilste", meinte Patrick, als er von

Max runter kletterte und sich den Arsch rieb. „Scheint nicht dein erster gewesen zu sein", meinte Max schelmisch grinsend. Patrick verneinte und sie machten sich nun fertig für die Dusche. Unter dem Wasser fummelten sie noch etwas aneinander rum, bevor sie dann frisch geduscht und angezogen zur Siegerehrung gingen. Nach einer kleinen Party verabschiedete Max sich dann am Abend von den beiden und versprach demnächst mal wieder vorbei zu schauen.

Kapitel 11
Im Club

Fabi hatte von Murat eine Einladung in den Nachtclub bekommen, wo er Cheftürsteher war. Fabi kannte den Club, es war einer der angesagtesten der Stadt und bisher hatte er schon zwei Mal versucht reinzukommen, aber die Türsteher hatten ihn immer abgewimmelt. Da er jetzt jedoch die Einladung hatte, wollte er sein Glück nochmal versuchen. Außerdem hoffte er auf geile Action mit Murat, diesem wahnsinnigen Muskelhengst, der im Studio versprochen hatte ihm beim nächsten Mal sein Monster in den Arsch zu treiben.

Fabi machte sich zu Hause ausgehfertig, er rasierte sich seine Eier, seinen Schwanz und vor allem seine Furche, säuberte sich und rieb sich danach mit Babyöl ein, unter eine enge Jeans zog er wieder einen seiner PUMP!-Jockstraps an, der seinen festen Arsch und sein williges Fickloch perfekt präsentierte. Oben zog er ein eng geschnittenes T-Shirt an, das seine Brustmuskeln und Oberarme definierte und eine leichte Stoffjacke. Er stylte seine Haare und betrachtete sich wieder aufgegeilt im Spiegel. Ja, so konnte die Party losgehen. Murat, ich komme! Er sprang die Treppe runter und verabschiedete sich von seinen Eltern, dann fuhr er mit der Bahn in die Innenstadt.

Vor dem Club hatte sich wie jeden Freitagabend eine lange Schlange von Menschen gebildet. Überwiegend Jungs mit ihren Mädels, aber auch jede Menge Singles. An der Eingangstür standen vier sehr breit gebaute Muskelpakete in schwarzer

Kleidung und mit Knopf im Ohr. Zwei hatten wie Murat ein eher arabisches Aussehen, die zwei anderen wirkten irgendwie osteuropäisch. Die Jungs mussten zu Murats Crew gehören und verrichteten routiniert ihre Arbeit, entschieden über den Einlass in den Club. Wer Einlass bekam musste noch seine Tasche kontrollieren lassen und durfte dann durch die Tür.

Fabi stand erst etwas unschlüssig herum: Sollte er sich in die lange Schlange einreihen oder direkt zur Tür gehen, schließlich hatte er eine Einladung? Nach 10 Minuten nervösem Überlegen ging er mit unsicheren Schritten direkt Richtung Tür. Die Leute in der Schlange beschwerten sich, dass er sich vordrängeln wollte, aber Fabi beachtete sie nicht und hielt auf die vier Türsteher zu. Sein Schwanz lag steif in seiner Hose, die Typen machten ihn fast wie Murat verrückt, er mochte so dominant aussehende Muskelkerle und hätte auch nichts dagegen gehabt ihre Schwänze in seinem Arsch zu spüren, in dem er ein leichtes Jucken spürte.

Als er vor ihnen stand sprach ihn einer der arabisch aussehenden Kerle an: „Was willst Du hier? Stell Dich in der Schlange an, wie jeder andere auch, Kleiner. Hier gibt es nur für VIPs direkten Zugang und Dich kenne ich nicht." Der Türsteher hatte sich vor ihm aufgebaut und flößte Fabi gehörigen Respekt ein. Er schluckte und begann zu stottern „Aber, ich ha ha hab eine Einladung be-bekommen." – „Bei uns steht für heute keiner auf der Liste, verschwinde!" Fabi wollte sich schon enttäuscht umdrehen, als eine ihm bekannte Stimme hinter ihm sagte: „Ist schon gut, Jungs, Murat hat ihn eingeladen, er gehört zu mir." Fabi drehte sich um und da stand Max und grinste ihm ins Gesicht, seine Hand strich kurz über den Knackarsch. Fabi strahlte ihn an und alle Angst fiel von ihm ab. „Max, herzlich Willkommen, Alter! Sag das doch gleich, dass er zu euch gehört. Wir haben hier jeden Abend so viele Spinner, die meinen sie bräuchten ne Sonderbehandlung, da kann das schon mal zu Verwechselungen kommen.", meinte der Türsteher und begrüßte Max cool mit Handschlag. Sie erhielten direkt Zugang zum Club, gingen erst mal an die Bar und bestellten sich zwei Cuba Libre.

Während sie tranken ließen sie die feiernde und tanzende Menschenmenge auf sich wirken. Der Club war groß, eine Abfolge aus mehreren Räumen, die durch schmalere Gänge miteinander verbunden waren. Manche Räume hatten noch eine Galerie, andere waren relativ niedrig, wie eine Art Kellerraum. Der Club erinnerte an eine alte Industriewerkstatt, die Wände waren rau verputzt, teilweise waren nackte Ziegelwände zu sehen, der Boden bestand aus alten Holzbohlen und über der tobenden Menschenmenge hingen neben den Scheinwerfern, Beamern und Diskokugeln verschiedene Metallteile und Werkzeuge.

„Lass uns mal Murat suchen", sagte Max zu Fabi, der eifrig nickte. Max ging voraus und Fabi folgte ihm. Sie steuerten auf einen Durchgang zu, hinter dem eine Treppe in den Keller führte. Am Ende führte ein Gang zu drei Türen aus Stahl, zwei davon führten jeweils zu den Toiletten, an der dritten stand nur „Personal". Zwei Mädels traten gerade aus der Damentoilette und Max wartete kurz, bis die beiden wieder die Treppe hochstiegen. Dann trat er auf die dritte Tür zu und pochte zweimal kurz, einmal lang dagegen. Nach kurzer Zeit öffnete sich die Tür und Murat empfing sie, bekleidet mit einer grauen Jogginghose, in der sein Schwanz schon deutlich zu sehen war, und einem Muskelshirt, das von seiner massiven Statur fast zerrissen wurde. Er winkte die beiden rein und schaute verstohlen in den Flur: Kein anderer zu sehen. Nachdem Max und Fabi eingetreten waren, schloss er schnell wieder die Tür und schloss ab. Schlagartig wurde es ruhig im Raum, nur das Wummern der Musikbässe ein Stockwerk höher drangen als Hintergrundgeräusch in den Raum.

Der Raum war relativ groß, in der Mitte stand ein großer mit Filz bespannter Tisch, darüber eine große Lampe, schien eine Art Pokertisch zu sein. Das Licht im Raum war gedämpft, sodass die Seiten des Raums in relativer Dunkelheit lagen, Fabi konnte schemenhaft ein paar Stühle und Regale erkennen. Murat griff sich Fabi und packte ihn am Nacken, drängte ihn mit dem Rücken voran gegen den Tisch. Er leckte über Fabis Gesicht und presste seinen Muskelkörper gegen den zierlichen Teenager.

„Na, Fabi, hast du mich schon vermisst? Bereit, heute richtig geil abgefickt zu werden?" – „Oh jaa, Murat, heute will ich von Dir eingeritten werden. Mach es mir! Ich bin geil auf deinen Monsterschwanz!" – „Max hat dein Loch letztens schon vorbereitet, aber ich werde heute deine Fotze erst richtig knacken, danach stehst du offen wie ein Scheunentor!" Murat lief der Sabber aus dem Mund bei der Vorstellung, er war so scharf auf diese kleine knackige Boyfotze! Max ging es genauso, er knetete schon seine mächtige Beule und begann sich im Hintergrund auszuziehen. Murat hob Fabi mit seinen mächtigen Armen mühelos auf den Tisch, legte ihn auf den Rücken und drehte ihn so, dass sein Kopf über die Tischkante reichte.

Dann zog er den Bund seiner Jogginghose runter und klemmte ihn unter seine dicken, rasierten Bulleneier, sein fetter Schwanz ploppte sofort hervor, er trug keine Unterwäsche. Die Eichel glänzte bereits und erwartete den Mund eines geilen Bläsers. Fabi ergriff auf dem Tisch liegend instinktiv die Prachtlatte und rieb über den Schaft. Murat stöhnte und blaffte „Hör mit dem zarten Rumgewichse auf, nimm ihn in dein Maul und blas mich geil!"

Fabi stöhnte wegen des dominanten Tons und legte seinen Kopf seitlich, machte seinen Mund auf und nahm die Latte Stück für Stück auf, die Murat ihm reinschob. Fabi hatte noch nie so einen fetten und langen Schwanz in seinen Mund aufgenommen und hatte sichtlich Schwierigkeiten. Bei der Hälfte war für ihn Schluss… dachte er. Murat zog seinen Schwanz kurz etwas zurück und schob ihn dann unerbittlich und fordernd weiter in die Maulfotze rein. Fabis Augen weiteten sich vor Schreck, er bekam keine Luft mehr. „Atme durch die Nase! Durch die Nase! Du nimmst meinen Ficker ganz auf, ich mache keine halben Sachen! Nimm ihn, du Fotze!" Murat war in seinem Element, er ließ seiner dominanten Ader mehr und mehr freien Lauf und heute Abend würde er eindeutig einen aktiveren Part übernehmen als neulich im Studio! Er war geil auf dieses kleine Fickstück und wollte ihn nach allen Regeln der Kunst benutzen, ihn abfüllen, ihn dominieren und ihm seine männliche Kraft und Macht zeigen.

Auch Max war heute auf etwas mehr Action aus, er wichste sich schon die ganze Zeit, die Tatsache, dass Murat den Kleinen in seiner Gewalt hatte und fordernd in sein Maul drang machte ihn an und sein Schwanz stand wie eine Eins.

Fabi mochte es dominiert zu werden, auch wenn er gerade Probleme mit Murats Schwanz hatte, aber seine Latte stand steinhart in seinem Jockstrap. Er musste dringend seine Kleidung loswerden. Murat schob seine Latte Stück für Stück weiter rein und begann leichte Fickbewegungen. Er stöhnte und zog sich sein Muskelshirt aus. Fabi erblickte den imposanten Muskeltorso, das stahlharte 8-Pack, die dicken Muskeltitten und die mächtigen Oberarme seines Fickers. Er sah die braune Haut und die zahlreichen Tattoos, das bärtige Gesicht und die schwarz glänzenden Haare. Ein richtig geiler, dominanter Muskeldaddy, der ihn benutze, wie es ihm gefiel.

Fabi gab undeutliche Stöhnlaute und bäumte sich auf, er spritzte ohne Zutun in seinen Jockstrap ab, der Anblick von Murat war zu geil für ihn. Murat grunzte zufrieden, als er sah wie der Jockstrap feucht wurde und intensivierte den Maulfick, presste seinen Schwanz nun bis zu seinen dicken Klöten in die Fresse des Jungen. Er zwickte sich dabei in seine dicken Brustwarzen, wurde durch den Schmerz noch geiler und stöhnte, während er seinen fetten Prügel in den feucht-heißen Rachen von Fabi stopfte.

Max trat mit seiner steifen Latte näher an die beiden heran, Murats Arsch war noch durch die

Jogginghose verdeckt, er trat hinter ihn und küsste seinen Stiernacken, leckte ihm mit der Zunge über seinen Rücken und schlang seine Arme zärtlich um den imposanten Muskeltorso, fühlte die arbeitenden Bauchmuskeln, presste seinen Schwanz an die Hose und schaute dabei über Murats Schulter dem Treiben auf dem Tisch zu. Murat stöhnte und ließ seinen Kopf etwas zur Seite fallen, begann mit Max zu knutschen, während er seinen Megahammer in den Hals von Fabi fickte.

Max löste sich wieder von Murat und riss ihm die Joggingshose runter, sodass sein Arsch endlich frei lag. Er leckte mit seiner Zunge durch die Furche und steckte die Zungenspitze in Murats Rosette. Murat zuckte kurz und gab ein wohliges Stöhnen von sich, Max fuhr fort mit der Behandlung und speichelte das Loch gut ein. Dann verrieb er Spucke auf seinem Schwanz und schob ihn mit Kraft in Murats Loch. Murat bäumte sich auf und übertrug Max Fickrhythmus auf Fabi.

Murat spürte Max Kolben in seinem Arsch, die Enge und Hitze machten ihn tierisch an und er spielte mit seinen mächtigen Arschmuskeln, um Max Schwanz abzumelken. Der kannte dieses Spiel schon und genoss die starken Kontraktionen an seinem Prachtstück. Langsam schob er sich in den Arsch und wieder hinaus und genoss den Druck auf seine Latte. Er spürte wie ihm die Sahne in den Eiern kochte bei dem Anblick auf Murats braun gebrannten Rücken mit dem breiten Kreuz, den mächtigen Schultermuskeln und den geilen Arschbacken. Als Murat das Spiel mit seinem Arsch unterbrach, begann Max in ihn rein zu hämmern, sodass die Eier geräuschvoll gegen die

Arschbacken von Murat klatschten. Max fickte sich zum ersten Höhepunkt, stöhnte laut auf und rotzte fett in sein Kondom ab. Er zog seinen Schwanz aus Murat und streifte das vollgesiffte Kondom ab, warf es achtlos auf den Boden. Das frische Sperma hing in zähen Fäden von seiner vollgeschleimten Latte runter.

Murat zog seinen Schwanz nun aus Fabis Mund und griff sich den Jungen, hob ihm vom Tisch und übergab ihn an Max, der im Stehen anfing mit Fabi rumzuknutschen. Seine eingesaute Latte strich an dem athletischen Körper des Jungen entlang. Fabi erkundete mit seinen Händen den geilen Muskelkörper des Fitnesstrainers, fühlte die Hitze, seinen starken Bizeps, strich über das harte Sixpack und stöhnte wollüstig, als Max begann an seinem Arsch rumzuspielen.

Murat holte einen schwarzen Dildo mit Griff, den er mit viel Gleitgel einrieb und wandte sich dann lüstern Fabis Arsch zu. Während der mit Max knutschte und seinen Arsch präsentierte, stellte sich Murat hinter Fabi und schob ihm den Dildo durch die Kimmenspalte rauf und runter. Fabi stöhnte und schob seinen Arsch nach hinten. „Fick mein Loch!", hauchte er zwischen dem lauten Geschmatze eines Zungenkusses mit Max. Der zog Fabi fest an sich, sodass ihre Latten zwischen ihre Bäuche gepresst wurden und weitete mit seinen Händen die Arschbacken für Murats Dildofick.

Murat hatte sich einen recht dicken Dildo ausgesucht, der zwar nicht ganz den Maßen seines eigenen Schwanzes entsprach, aber trotzdem geile Action versprach, wenn man ihn jemandem reinschob. Während Fabi Max Brustmuskeln abschleckte schaute Max Murat an und nickte, Murat grinste diabolisch und setzte die Eichel des schwarz glänzenden Dildos an Fabis Rosette an. Der Dildo zwängte sich langsam rein, Murat schob nun mit größerer Kraft und Fabi begann zu wimmern. Murat drückte weiter und mit einem Satz war der Dildo komplett drin, Fabi schrie gequält auf, seine Latte war schlagartig dahin, er spürte eine unglaubliche Enge und höllische Schmerzen. Tränen rannen ihm aus den Augen, Max hielt ihn im Klammergriff, küsste ihn zärtlich und versuchte ihn zu beruhigen, während Murat genüsslich den Dildo in der engen Fotze drehte und mit der anderen Hand seinen eigenen Prachthammer stöhnend wichste.

Dann begann er mit dem Dildo ein- und auszufahren, beim Reinschieben rammte er den Dildo immer bis zum Anschlag rein und drehte ihn ein paar Sekunden lang, bevor er ihn wieder rauszog, um den nächsten Rammstoß einzuleiten. Die kleine Rosette wurde massiv geweitet und stülpte sich um den schwarz glänzenden Eindringling. Murat grunzte vor Geilheit, sein Prachtstück pulsierte bereits und der aus der Nille triefende Vorsaft schmierte den Schwanz beim Wichsen. Er geilte sich an den Schmerzen auf, die er Fabi zufügte. Jedes Wimmern, jeder Schmerzschrei spornte ihn weiter an und trieb weitere Tropfen Vorsaft aus seinem Pissschlitz.

Fabi kämpfte immer noch mit seinen Tränen, langsam ließ der Schmerz aber nach. Zum Glück wurde er nicht trocken gefickt und er musste zugeben, dass er nach einer Eingewöhnungszeit nun langsam die Enge in seinem Arsch genoss. Er steckte seine Nase zwischen Max Brustmuskeln und sog den geilen Schweißgeruch ein, leckte über die samtweiche Haut des Fitnesstrainers, der ihm durch die Haare strich. Murat fickte Fabi weiter mit dem Dildo und Fabi begann einige Minuten später bei jeder Bewegung zu stöhnen. „Glaube jetzt ist er soweit, Murat", meinte Max und der zog den Dildo mit einem Ruck aus Fabis Fotze, die weit aufklaffte und sich erst langsam schloss, Gleitmittel rann langsam aus dem Loch heraus.

Murat legte sich mit dem Rücken auf den Tisch und zog sich ein Kondom über die Megalatte, die er mit sehr viel Gleitgel einrieb. Max drängte Fabi zum Tisch und Murat packte den Jungen, hob ihn an und setzte ihn zusammen mit Max mit dem Gesicht zu sich und Bauch nach unten langsam auf seinen Megahammer. Die Stahllanze drang durch den Druck nach unten und die Vorbereitung durch den Dildo mühelos ein. Fabi keuchte kurz, gewöhnte sich aber schnell an den nur etwas dickeren heißen Schwanz, der sich nun in seinem Lustkanal reinschob. Murat zog Fabi zu sich runter und umklammerte ihn mit seinen dicken Muskelarmen, küsste ihn laut schmatzend, drang mit seiner Zunge in den Mund des Jungen ein und leckte gierig nach Spucke.

Fabi konnte keinen Laut machen und Murat schob seinen Schwanz nun bis zum Anschlag in die Boyfotze rein. Fabis Augen weiteten sich, aber er empfand jetzt nur noch Geilheit und Enge in seinem Arsch. Der Gedanke, dass dieser geilordinäre tätowierte Bodybuilder seinen Monsterschwanz in seinem kleinen Arsch stecken hatte und gleichzeitig seinen Mund ausschleckte, während er auf diesem schweißnassen und superdefinierten Muskelkörper lag, machte ihn richtig geil, sein Schwanz lag steinhart auf dem 8-Pack seines Fickers.

Murat begann mit langsamen Fickbewegungen, indem er sein Becken auf- und niederbewegte. Sein fetter Schwanz pflügte durch die enge Fotze, das viele Gleitgel schmatzte bei jedem Zug. Max trat näher, völlig aufgegeilt durch die Szene, die ihm Murats arbeitender Schwanz in dem kleinen Knackarsch bot.

Er setzte seinen harten Schwanz über Murats Schwanz an, der das bemerkte und seine Bewegung unterbrach. Max drang nach etwas Arbeit neben Murats Schwanz in den engen Fickkanal vor, Fabi bäumte sich auf vor Schmerz, er riss sich los von Murats Mund und wimmerte. „Ah, Max, es tut so weh! Bitte geh raus!" – „Ruhig, Fabi, gleich hast du dich dran gewöhnt und dann wirst du quietschen vor Geilheit. Glaub mir!"

Also wartete Fabi auf Besserung und tatsächlich: Nach einigen Minuten, in denen Murat und Max behutsam in seinem Arsch arbeiteten hatte er sich soweit dran gewöhnt, dass er weniger Schmerz und mehr geile Gefühle in seinem Arsch verspürte. Er schloss die Augen und begann wohlig zu stöhnen. Murat lächelte ihn an und strich ihm zärtlich durch das Haar, küsste ihn und sagte: „Siehst du, jetzt bist du unsere kleine Fotze. In deinen geilen Knackarsch gehören richtige Hengstschwänze, die dich ordentlich durchrammeln. Ich weiß genau was du brauchst, mit deinen aufreizenden Jockstraps provozierst du das doch absichtlich." – „Jaaa, Murat, fickt mich ordentlich durch. Ich brauche es soo dringend. Füllt mein Loch mit euren geilen Hengstschwänzen!"

Murat und Max nahmen das als Einladung und rammelten nun abwechselnd in das Loch von Fabi rein. Die Reibung an ihren Schwänzen und die heiße Enge in dem Loch sorgten dafür, dass beide schnell abrotzten. Aber sie machten nach einer kurzen Pause einfach weiter, die Schwänze wurden wieder hart. Das Sperma in den Kondomen wurde zu zähem Schleim durch die neuerlichen Fickbewegungen, beide Hengste machte die zusätzliche Schmierung im Kondom zusätzlich geil. Unter Gebrüll und Gestöhne nahmen Max und Murat nochmal an Fahrt auf, bevor sie ein zweites Mal abrotzten und sich erschöpft aus Fabi rauszogen, der die Ficksession absolut genossen hatte und völlig fertig auf Murats schweißüberströmtem Muskelkörper lag. Was für eine geile Nacht im Club!

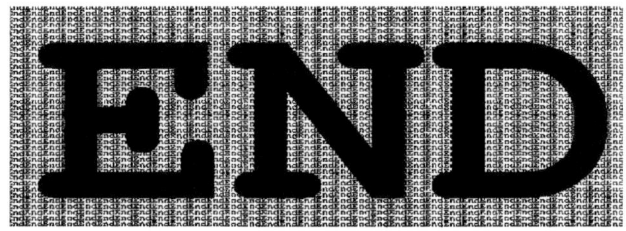

Anmerkungen des Autors:

Sie können mit mir sehr gerne in Kontakt treten, entweder per Post, E-Mail oder Telefon. Mich können Sie auch auf folgender Website: www.sandrohuebner.de finden und kontaktieren.

Desweiteren sind meine anderen Bücher, wie diese hier unten aufgeführt werden, bereits überall erhältlich – auch bei mir, mit Autogrammwunsch. Für meine E-Book Liebhaber, teile ich gerne mit, dass alle meine Bücher auch für jeden E-Book-Reader erhältlich sind.

- SAD SONG - Trauriges Lied -
- Juliette und Taddei eine Liebe forever
- Rückkehr eines träumenden Delfins
- Fesselnde Psycho-Horror-Geschichten
- Spannende Thriller-Geschichten
- Doppelt stirbt sich besser, mit einem grauenvollen Biss
- TITANIC - Ein Augenzeugenbericht von Helena F. Lang
- Unheimliche Gruselgeschichten - Teil I -
- Unheimliche Gruselgeschichten - Teil II -

Autor:	Sandro Hübner
Titel:	SAD SONG
	- Trauriges Lied -

Genre:	Kriminalroman
Seitenanzahl:	66
ISBN:	978-3-7407-3007-9
Verlag:	TWENTYSIX

Autor:	Sandro Hübner
Titel:	Juliette und Taddei eine
	Liebe forever

Genre:	Liebesroman
Seitenanzahl:	68
ISBN:	978-3-7407-3030-7
Verlag:	TWENTYSIX

Autor:	Sandro Hübner
Titel:	Rückkehr eines träumenden
	Delfins

Genre:	Roman
Seitenanzahl:	56
ISBN:	978-3-7407-3399-5
Verlag:	TWENTYSIX

Autor:	Sandro Hübner
Titel:	Fesselnde Psycho-Horror-Geschichten

Genre:	Horror
Seitenanzahl:	208
ISBN:	978-3-7407-4455-7
Verlag:	TWENTYSIX

Autor:	Sandro Hübner
Titel:	Spannende Thriller-Geschichten

Genre:	Thriller
Seitenanzahl:	152
ISBN:	978-3-7407-4636-0
Verlag:	TWENTYSIX

Autor:	Sandro Hübner
Titel:	Doppelt stirbt sich besser, mit einem grauenvollen Biss

Genre:	Psychohorror
Seitenanzahl:	512
ISBN:	978-3-7407-4697-1
Verlag:	TWENTYSIX

Autor:	Sandro Hübner
Titel:	TITANIC
	Ein Augenzeugenbericht von
	Helena F. Lang
Genre:	Roman
Seitenanzahl:	88
ISBN:	978-3-7407-5058-9
Verlag:	TWENTYSIX

Autor:	Sandro Hübner
Titel:	Unheimliche Gruselgeschichten
	- Teil I -
Genre:	Gruselroman
Seitenanzahl:	244
ISBN:	978-3-7407-5067-1
Verlag:	TWENTYSIX

Autor:	Sandro Hübner
Titel:	Unheimliche Gruselgeschichten
	- Teil II -
Genre:	Gruselroman
Seitenanzahl:	208
ISBN:	978-3-7407-5068-8
Verlag:	TWENTYSIX